Mahmud Nasimi

Chant de la mélancolie

DUNKERQUE 2021
KABOUL 2087

Les Éditions du Palais

Sommaire

« Élève tes mots, pas ta voix. C'est la pluie qui fait grandir les fleurs, pas le tonnerre. »

RÛMÎ

La lettre de l'inconnu

« Quelle surprise de découvrir cette histoire à la télévision ! Quel courage, quelle détermination pour accomplir cet exil ! La force des propos, l'enthousiasme d'un regard, l'optimisme d'un sourire… Je me suis dit que le monde, résolument, appartenait à l'Espoir. Les téléspectateurs étaient bouleversés par tant de grâce.

Je viens de tourner la dernière page d'*Un Afghan à Paris* et suis sous le charme de cette écriture. Elle est pure, transparente, poétique, légère comme une bulle de savon et terriblement poignante. J'ai découvert la sensibilité et la grandeur d'un être au cœur intact. Une odyssée, longue et difficile à travers les enchevêtrements du monde, qui force le respect. J'ai été saisi d'émotion devant les épreuves inimaginables vécues, la douleur, le chagrin, la solitude, mais aussi l'éblouissement, la reconnaissance et cette foi en la vie. On se sent bien petit pour écrire, et les mots nous viennent difficilement, mais cet Afghan à Paris a fait éclore l'inattendu en moi…

J'éprouve une reconnaissance profonde envers celui-là qui nous a offert un trésor au cœur des temps moroses que nous traversons.

Cette impression de lumière surgissant
au milieu des pires difficultés, est un espoir offert
à toute l'humanité. Ce n'est pas une récréation
du monde, c'est une source d'espérance.
Puissance infinie que rien ne peut arrêter.

Il apporte de son pays bien plus que
toutes les merveilles que l'Afghanistan
offrait jadis. Il apporte une joie et une foi
qui ravivent les couleurs du monde.

Étant moi-même aujourd'hui en pleine traversée
du désert, je me sens perdu et prends volontiers
appui sur cet homme qui a escaladé tant de
montagnes, franchi les frontières de l'impossible.
Cependant je n'ai pas à me plaindre, famille,
amis m'entourent, de plus je suis comblé
matériellement... Mais l'essentiel me manque,
me jeter à corps perdu dans la vie
et lui faire confiance.

La déambulation poétique du personnage au fil des
pages m'a tenu en haleine : les amitiés,
les rencontres, le chemin qu'il poursuit d'un lieu
à un autre... un exil terrible et riche à la fois !
Je souhaite adresser à cet Afghan à Paris
un merci simple et léger comme celui

que les fleurs nous offrent lorsque ruissellent
sur leurs pétales quelques gouttes de vie.

Le livre refermé, trois questions me hantent.
Cher Afghan comment êtes-vous arrivé à Paris ?
D'où tirez-vous cette force ?
Quel est le secret du bonheur pour vous ? »

Je referme d'un tour de clef la boîte aux lettres, replie avec émotion ce courrier que je replace soigneusement dans son enveloppe. L'enveloppe en poche, je quitte l'immeuble, l'esprit envahi par les réflexions que suscitent en moi les phrases d'un lecteur. Au-dessus des habitations que je laisse derrière moi, j'aperçois un halo blanc dans le ciel bleu qui me regarde partir.

En cette matinée du 8 avril, il fait doux. J'ai rendez-vous avec le soleil, j'ai rendez-vous avec la mer, j'ai rendez-vous avec l'amitié. Je me dirige vers la gare du Nord pour me rendre à Dunkerque. Paris vibre sous une neige parfumée. Je foule ses trottoirs à l'ombre des hautes silhouettes vertes qui les bordent et regardent l'azur en laissant virevolter leurs flocons de pétales. Je mets mes pas dans ceux des poètes qui animent mes jours et mes rêves. J'aime ces immeubles alignés le long d'avenues, aux façades en pierre de taille, avec moulures, corniches et signatures de leurs architectes. J'admire ces fenêtres mystérieuses qui dissimulent des milliers d'histoires encore inconnues.

Je n'oublierai jamais les nuits blanches au cours desquelles je déambulais, perdu, dans les rues de cette ville mythique. Un murmure léger me parvenait de l'obscurité tandis que le fleuve des astres se répandait au-dessus de ma tête. Ses fantômes me susurraient des vers de liberté mais je n'avais pas encore ressenti l'ivresse de leurs mots.

Paris, un poème nuancé dans lequel les lecteurs se fondent.

J'arrive à la gare et j'embarque. Dans le train, un couple d'un certain âge s'installe en face de moi. Tous deux m'adressent un bonjour chaleureux auquel je réponds en souriant. Ils sont vêtus et coiffés élégamment, comme s'ils allaient fêter un événement.

L'homme sort de sa mallette *La Grande Vie* de Christian Bobin. Il le fait d'un mouvement lent et attentionné, qui m'évoque une phrase du célèbre écrivain : « J'aime tant les livres que je ne peux passer un jour sans poser ma main sur le front d'une page imprimée pour sentir si elle a ou non de la fièvre[1]. »

Il ouvre son livre et se plonge dans la lecture, les rides empreintes de sagesse. Sa compagne pose tendrement la tête sur son épaule et baisse les paupières. Je les observe du coin de l'œil. Une chaleur saisit naturellement mon cœur. J'ai l'impression de voyager entouré de mes parents. Un sentiment extraordinaire qu'il m'est déjà arrivé d'éprouver en présence

---

1 *Carnet du soleil*, éd. Lettres vives, 2011.

d'inconnus, à l'occasion d'un geste ou d'une parole échangée.

Je colle ma tempe à la vitre et regarde ce paysage qui s'allonge vers l'horizon. Les arbres colorés surgissent et défilent. La douceur de cette nature pénètre dans mes yeux et se faufile jusque dans ma mémoire. Ressuscitant furtivement les paysages de mes souvenirs.

Le bonheur se répandait dans les maisons

Notre maison de campagne se trouvait dans un village entouré de vergers. Les habitations aux toits plats, aux briques recouvertes d'un mélange de terre et de paille, scintillaient au soleil. L'été, les toits rougeoyaient, de la couleur des tomates que l'on y faisait sécher.

Le bonheur se répandait dans les maisons par la seule présence d'une grand-mère ou d'un grand-père faisant glisser dans ses mains les perles de son chapelet.

Alentour, on arpentait les dédales des chemins à l'ombre des noyers, pruniers, amandiers, pêchers, cerisiers... Sous l'immensité d'un ciel toujours beau, les montagnes imposaient leur calme à proximité. Certains villageois avaient coutume d'y aller rechercher des vieux objets métalliques, ceinturons, casques ou autres reliquats d'armes, abandonnés par les soldats de l'Union soviétique du temps de l'occupation. Ils les revendaient pour une bouchée de pain tandis que les laboureurs s'évertuaient à trouver le trésor.

Dès le matin, l'odeur du pain sortait des tandours, fours traditionnels constitués d'une grande jarre de terre cuite sans fond, qui est enfouie dans un large trou d'un mètre ou plus de profondeur, au milieu de nos cuisines. Les femmes y jetaient brindilles et bois pour y allumer le feu. Pendant que le four chauffait, elles divisaient la pâte à pain en boules qu'elles étalaient. Une fois les parois du four bien chaudes, elles devaient se pencher dans le trou crachant ses flammes et, dans un geste ample et puissant, y taper successivement les crêpes de pâte à pain qui se collaient aux parois. Elles remontaient de l'enfer les yeux larmoyants, les joues rouges, pour attendre que le pain cuise. Après avoir pris une grande bouffée d'air frais, elles retournaient vers le foyer brûlant pour ramener des chapatis.

Elles sortaient aussi du four d'autres pains aux formes allongées, appelés *destaki*, croustillants et dorés qui portaient comme de longs rubans les traces dessinées par leurs doigts. Les habiles cuisinières transformaient en véritables délices ces pains qu'elles agrémentaient encore chauds d'huile sur laquelle elles déposaient du sucre ou du piment rouge ou vert. Quelles gourmandises ! Les épouses envoyaient alors leurs enfants aux champs, porter ce trésor convoité à leurs maris, authentiques messages d'amour.

L'hiver mettait en scène son spectacle grandiose. Le paysage se cachait sous un épais manteau blanc.

Le froid vif, le vent glacial, les nuits sinistres et silencieuses. On n'entendait plus ni beuglement ni bêlement. Chaque matin, l'astre lumineux faisait renaître le jour et ses palabres, redonnant vie au village. Je prenais plaisir à sortir et à contempler toute cette merveille de blancheur avant que ces somptueux décors cotonneux ne s'estompent lentement.

Au printemps, l'herbe et les fleurs poussaient partout, étalant leur tapis chamarré sous un doux rayon. Des arbres fruitiers et des plantes multicolores dans les jardins, les chants des oiseaux dans les branches, la riante verdure arrosée de soleil, une douce fragrance dans l'air, il me semblait partager mon élan de tendresse avec tous les plis de ce paysage. Une sorte de communion jaillissait entre mon âme et la nature.

L'été était une fête, une floraison de vie et de couleurs. Le maître du ciel régnait et sous sa chaleur la vie éclatait. Des montagnes grandioses, l'eau de la fonte des neiges coulait abondamment vers les vallées, entretenant sur son passage une végétation luxuriante.

Il existe des paradis terrestres empreints de mystère et de beauté qui émerveillent l'homme.

Je marchais, courais et semais partout des souvenirs comme on jette des miettes aux oiseaux. Je me mettais sur le dos, les bras en croix, les yeux perdus dans l'azur profond où planait un épervier à la recherche de nourriture, tandis qu'une caille des blés margotait quelque part.

Dans ces nuits fraîches, éclaboussées d'étoiles, je ressentais un plaisir immense, mêlé de peur, à me serrer sous une couverture douillette, lorsque j'entendais le frémissement des feuilles, un bruit d'ailes qui battaient ou au loin le hurlement d'un loup.

J'aimais ces séjours à la campagne ponctués à chaque saison d'aventures qui restent gravées dans ma mémoire. Au printemps, nous chassions les oiseaux. C'était une pratique courante qui amusait petits et grands à la période des oiseaux migrateurs. Certains d'entre eux entraient dans la composition de plusieurs de nos repas, tels que la préparation des keftas.

Devant mon insistance, ma grand-mère m'avait donné un peu d'argent pour aller m'acheter un lance-pierres artisanal auprès d'un des villageois qui en fabriquait. J'espérais accomplir moi aussi un exploit de chasse.

C'est ainsi qu'un matin je partis fièrement, muni de ma nouvelle catapulte, la besace en bandoulière remplie de pierres. Je déambulai le long des chemins de campagne, les yeux rivés aux branches, mais chaque fois que j'armais mon lance-pierres et tirais, je manquais ma cible. Je regardais les oiseaux s'envoler avec une déception aussi immense qu'est aujourd'hui ma joie de les avoir épargnés. Je peux déguster à présent le bonheur de les voir immortalisés tantôt dans un poème, tantôt dans d'autres pages de la littérature.

Marchant sur un sentier après plusieurs tentatives infructueuses, j'entendis soudain une voix me crier : « Mahmud, ne bouge plus, baisse-toi. » M'accroupissant, j'aperçus quatre gros oiseaux rassemblés au milieu du champ labouré, sous le fusil de Zaman, un des meilleurs chasseurs du village. Il était plus rapide que quiconque. Est-ce à cause de son nom qui signifie le Temps ? Je n'en sais rien.

Après la détonation, je me dirigeai avec précipitation vers les quatre oiseaux morts d'un coup. Zaman me devançait. Je le vis les ramasser l'un après l'autre, leur trancher la gorge pour laisser s'écouler le sang avant de les ranger dans sa besace. Alors qu'il était occupé avec le troisième, je m'avançai vers le quatrième avec une soudaine détermination à ne pas rentrer les mains vides. Je ne savais pas encore, je l'ai appris sous la plume de Camus, qu'un seul pas pouvait détruire l'équilibre du jour, le silence exceptionnel d'une plage et le destin d'un homme heureux.

Je n'avais qu'une idée en tête, il me fallait ramener ce volatile. Zaman balayait le champ de ses gros yeux à la recherche de son oiseau couleur terre d'autant plus invisible que j'avais les deux pieds dessus et aucune intention d'en bouger. En me regardant droit dans les yeux, il me demanda de l'aider à scruter les alentours. Je tentai de le persuader d'une voix calme que l'oiseau avait dû s'envoler.

Pas très convaincu, après un dernier coup d'œil, il s'en alla en grommelant. Dès qu'il eut disparu de ma vue, je ramassai l'oiseau et me dirigeai vers un petit ruisseau bordé de pierres. J'en pris une pour la fendre en la frappant contre une autre et me fabriquer ainsi une lame pour trancher la gorge de l'oiseau. Le tenant par les pattes, je courus vers la maison. Quelques voisins étaient de passage et c'est devant cette assemblée que je montrai fièrement ma belle prise.

Ma grand-mère surprise me demanda comment j'avais réussi cet exploit. Je racontai haut et fort que j'avais tiré sur le volatile qui se trouvait sur la branche d'un arbre, avec la catapulte, comme il est coutume de le faire. À ces mots, une des personnes présentes s'exclama : « Mais Mahmud, cet oiseau ne va jamais dans les arbres ! »

Sans me démonter, je le regardai bien en face et affirmai avec émotion : « Mais si, je l'ai chassé dans une branche ! »

« Ce n'est pas possible », dit-il en me menaçant gentiment de ses gros yeux.

« Bien sûr que c'est possible. Les arbres sont pour les oiseaux et non pas pour les poissons ! Tu ne sais rien. Tu n'as pas le droit de me contredire. »

Je partis en grognant vers la cuisine y déposer le volatile en vue de la préparation du dîner, puis ressortis avec l'espoir de débusquer de nouvelles proies. Lorsque je rentrai, les mains vides, pour le dîner, ma grand-mère vint vers moi m'annoncer que mon oiseau avait été emporté par le chat. J'étais bien puni de mon mensonge et encore plus quand, en fin de soirée, ma grand-mère me révéla qu'elle avait bien compris que j'avais inventé mon exploit, mais qu'elle m'avait épargné l'humiliation devant nos voisins.

La grandeur et la bienveillance de ma grand-mère étaient infinies. Elle avait toujours le souci de m'éduquer, voulant me rendre bon, droit, fort et heureux. Assez souvent elle me disait que la vie elle-même était une école. Les conseils qu'elle me donnait avec tant de passion et de douceur, s'ils avaient un goût amer sur le moment même, m'irriguent aujourd'hui comme une source fraîche.

Je bois aujourd'hui le souvenir de ses mots : « Mon fils, quand tu dépasses sur un chemin une personne âgée, vas lentement sans jamais te presser afin qu'elle ne ressente pas sa faiblesse. Et si tu la rencontres, arrose-la de paroles et de respect. Elle est une fleur dans le jardin de l'humanité. Rappelle-toi, Mon fils, que le fait de ne pas réussir ce que tu souhaites est parfois une étape vers la victoire. »

Ce soir-là, elle est venue et s'est assise au pied de mon lit en me disant : « Mon fils ! Il faut vivre avec la vérité, sinon tu seras prisonnier de ta conscience, condamné par ton âme et ta caravane n'arrivera jamais à destination. Le mensonge blesse les anges. » Puis elle déposa un baiser sur ma tempe et s'en alla. Je vis son voile balayer la pièce avant que la porte ne se referme.

Nous avions aussi au village d'autres procédés pour attraper les oiseaux. L'un était un piège constitué d'un grand filet tendu au-dessus des blés dans le coin d'un champ. Il descendait sur les côtés jusqu'au sol, de manière à emprisonner les volatiles. Deux garçons du village, postés à chaque extrémité, remontaient le champ de blé encore vert avec une longue corde qui faisait onduler les blés, tandis qu'un troisième, placé au milieu, portait un perchoir auquel était attachée une buse apprivoisée. Elle volait bruyamment devant le piège pour rabattre les oiseaux. La plupart s'y engouffraient et je trouvais incroyable le spectacle bruyant de toutes ces plumes colorées qui se dandinaient, comme des milliers de poissons se débattant dans un filet de pêche.

Je me souviens de l'émotion qui m'étreignait lorsque, du haut de mes sept ans, je m'approchais des chasseurs, avec des yeux quémandeurs, excité à l'idée d'obtenir un oiseau vivant qu'ils me donnaient avec plaisir. Je rentrais chez moi impatient de l'emmener dans ma chambre, je l'y cachais en l'attachant à un fil au bord de mon lit. Je le nourrissais et il devenait mon ami. Dans la nuit, quand la nature se reposait dans une paix silencieuse, endormie au clair de lune, je restais éveillé longtemps enchanté par la contemplation de cette fantastique créature.

Parfois l'engourdissement d'une position prolongée me forçait à bouger, je baissais alors la tête pour voir mon ami se tenant sur ses pattes, le cou enfoui dans les ailes. Je m'allongeais de nouveau apercevant par la fenêtre une étoile filante qui disparaissait au firmament. Je souhaitais rester toujours ainsi dans cette nouvelle aventure qui m'offrait le bonheur.

Dans la journée, lorsqu'une mouche passait, je m'amusais à lâcher l'oiseau qui se précipitait, son fil à la patte, pour attraper l'insecte. Je criais et tremblais d'excitation, un vif sentiment de contentement s'emparait de moi. Ce petit manège ne durait que trois ou quatre jours, puis mon oncle, ou un autre membre de la famille, finissait par découvrir la supercherie et me demandait de remettre mon ami en liberté. Mon sang se glaçait, ne pouvant ni pleurer ni contredire. La gorge serrée, je sortais et lâchais l'oiseau. Je restais quelques instants immobile, les yeux dans les nuages, puis je rentrais à la maison, affligé. Tout à coup, le monde devenait noir, par la fenêtre je ne voyais que le ciel mélancolique et les deux poiriers en deuil. Je croyais, en ces instants, entrevoir qu'il n'y avait plus de bonheur pour moi sur la terre.

Dépité, je m'en allais au fond du jardin. Là, je m'asseyais sur une pierre, le cœur battant. Près de moi, sur des bruyères sauvages, voletaient tristement des papillons sombres. Quelques moineaux, qui se méfiaient toujours de ma présence, pépiaient de temps à autre, sur la cime dénudée d'un peuplier blanc. Et là, au pied de cette nature sauvage, je me mettais, par amertume, à abîmer mes habits. Je tiraillais les fils de mes vêtements, une habitude compulsive étrange que je semblais avoir adoptée pour calmer mes émotions.

Toute la soirée et la journée suivante, je restais d'une humeur maussade. Emprisonné dans ma chambre, j'essayais de travailler à la demande de ma famille et j'ouvrais un livre, mais c'est en vain que les mots couraient sur chaque page devant mon regard vide. Ils n'étaient que des épines à mes yeux.

Aujourd'hui grâce aux livres, j'ai retrouvé mon oiseau et c'est avec une intensité particulière que je revis tous ces moments d'enchantement. Merveilleux chemin de vie! J'aime faire danser les mots sous ma plume, les faire chanter dans mon âme et les faire voler dans mon univers.

***

Le contrôleur passe, je lui tends machinalement mon billet. J'échange un regard complice et un bref sourire avec l'homme assis en face de moi. Tandis que sa compagne s'étire et ouvre un œil, il lui offre quelques tendres mots et un baiser sur le front. Apaisée, elle se love dans ses bras et ferme les yeux. Puis, alors qu'il retourne à son livre, je rejoins à nouveau le paradis de mon enfance.

Lors des vacances scolaires d'hiver, à la campagne, bien que le froid aurait dû nous retenir dans nos foyers, les enfants remplis de vie et turbulents que nous étions trouvaient toujours une occasion de sortir pour se réunir.

Notre lieu d'escapade de prédilection était la mosquée que nous conquérions à la sauvette, sous le regard partiellement détourné de notre cher Massgedi. Malgré ses hésitations et les conseils de bonne conduite qu'il s'appliquait à nous prodiguer, le dilemme se lisait sur son visage, un œil disait oui, l'autre non. Nous parvenions toutefois à l'amadouer avec des friandises dérobées dans nos foyers, et il finissait toujours par accepter notre invasion et nous laissait franchir la porte.

Le gardien de la mosquée, le « Massgedi », était un homme bien enveloppé qui portait la gourmandise sur son visage poupon et sous sa barbe de chèvre. C'était un personnage très simple et crédule, il disposait d'une chambre sur place où il passait sa vie consacrée à la gestion de la mosquée. Son salaire était constitué d'offrandes de sacs de blé qu'il recevait une fois par mois de la part de chaque famille.

Pendant l'été, le Massgedi ramassait des ronces qu'il stockait au sous-sol. Il les brûlait en hiver en allumant un feu dès 5 heures du matin sous l'édifice qui se réchauffait ainsi par le sol.

Nous aimions cet espace chaleureux et non occupé entre 9 heures et midi ou durant certains moments de l'après-midi. Nous profitions de ces temps vides pour nous livrer à toutes sortes de jeux avec les tapis posés sur la paille pour rendre le sol plus confortable. Nous sautions, nous saisissant des tapis pour nous les lancer comme dans une guerre d'oreillers, ce qui provoquait un brouillard de poussière amplifié par le foin qui se répandait partout au fur et à mesure. Pendant ce temps notre Massgedi stationnait devant la mosquée et grignotait nos gourmandises.

Tous les soirs à l'heure du dîner, le Massgedi passait dans les foyers avec un grand plat, chaque famille y déposait en partage une partie des mets préparés pour le repas : aubergines à la sauce tomate et oignons, riz au cumin, kefta avec pommes de terre... À son arrivée chez nous, dès que j'entendais son appel, « Apportez le repas du Massgedi, grâce vous sera rendue », mon appétit se réveillait. Son grand récipient mêlant les couleurs, les goûts, les épices et les parfums des repas de tous nos villageois, réveillait mes sens. Missionné par ma grand-mère pour lui porter la contribution familiale, je dissimulais une cuillère dans ma poche. À chaque pas vers la porte d'entrée, mon appétit grandissait d'impatience de découvrir ce tableau culinaire. J'ouvrais la porte, déposais notre part dans le grand bol, et sortais ma cuillère. Je repérais rapidement les keftas et le riz, les légumes m'intéressant peu à l'époque. Je savais bien que le Massgedi m'autoriserait, comme chaque jour, à dévorer quelques bouchées. D'abord parce qu'il était d'un tempérament accessible aux requêtes des enfants, mais aussi parce que ma grand-mère était au village une femme très respectée. Les quelques cuillères de ce festin sous les yeux résignés de cet homme gourmand avaient la saveur de mon petit méfait. En retournant dans la maison pour prendre le repas, l'image de ce grand bol de nourritures me poursuivait et dans le secret de mon imagination je cultivais l'espoir de devenir un jour Massgedi tant je l'enviais de percevoir un tel salaire.

Je bénéficiais également de la bonne réputation de mon grand-père, décédé avant ma naissance. Vivant, il était un général haut gradé dans le gouvernement du premier président d'Afghanistan, Mohammed Daoud Khan. Dans les années 1975, il avait été, par sa fonction, source d'emplois pour bon nombre de villageois qui le sollicitaient.

Sa glorieuse carrière militaire lui avait permis d'offrir une belle maison à ma grand-mère, au cœur de Kabul. Le paradis de mon enfance! Nous y vivions avec mon oncle. Je jouais souvent dans la cour, qui était grande.

D'un côté, elle était bordée d'un verger où régnaient amandiers, pommiers, cognassiers, et de l'autre, d'une pelouse bien verte entourée de rosiers. Au milieu de la cour, deux majestueux acacias trônaient depuis des décennies. On remarquait régulièrement un cerf-volant échoué sur une de leurs branches, se balançant au vent. Lorsque j'observais sa danse, j'avais l'impression que mon cœur marquait le rythme comme la pendule d'une horloge. Je sentais un besoin impérieux d'attraper ce cerf-volant. J'allais chercher une bobine de fil dans les boîtes de couture de ma grand-mère, accrochais un petit morceau de bois au bout, puis je le lançais avec un désir fou de l'empoigner. Chaque jet qui atteignait sa cible faisait un trou dans le cerf-volant et une blessure dans mon cœur. Après plusieurs tentatives infructueuses, j'abandonnais, vaincu, une carcasse de cerf-volant plus fermement que jamais accrochée aux branches de cet acacia auquel je donnais un coup de pied en maugréant. Je rentrais, effondré.

La maison disposait de nombreuses chambres. Ma pièce de prédilection était un grand salon, dont les murs étaient couverts d'étagères de livres. Le mobilier était riche et harmonieusement disposé, autour de petites tables basses couronnées de divers trophées et autres objets militaires, arrangées avec goût et installées à côté des canapés. Un chandelier était suspendu au plafond tel un bouquet. Par terre, un tapis traditionnel au décor rouge et noir retenait l'attention. Dans un coin une radio aussi grande qu'un piano m'intriguait, ses pieds noyés dans l'ombre et bien qu'interdite d'accès pour moi, il m'arrivait d'en toucher les boutons avec un plaisir mêlé peur. Il me semblait que chaque objet avait un esprit, un cœur, une âme, tellement j'étais attaché à leur présence et à leur couleur aux nuances tendres. Le jour pénétrait à travers de lourds rideaux damassés qui laissaient s'infiltrer par les interstices des rayons dorés, créant des parois de lumière. Cette pièce était pour moi comme un château, chaleureux et accueillant où j'aimais à me réfugier. Sur chaque canapé, joyeusement, j'édifiais un monde de souvenirs, face à une montagne de livres.

Dès que je rentrais de l'école, j'allais à pas feutrés dans le salon, choisissais mon coin et y décorais mon nid, en amassant deux ou trois objets militaires et quelques gros livres, pour la plupart contenant des photos en noir et blanc illustrant divers aspects de la vie militaire, soldats, tanks, avions... En feuilletant ces amis inconnus mon envie de carrière militaire grandissait. De temps en temps je m'approchais de la fenêtre en désirant apercevoir un cerf-volant dans la cour. Quel silence ! C'est à peine si j'entendais le chant d'une tourterelle sur le sapin des voisins et, au loin, un marchand de légumes passant dans la rue, tandis que les plumes blanches d'un nuage flottaient dans l'azur. Je regagnais ma place, m'imprégnant de l'âme des livres, je baignais dans une oasis de paix.

Au bout d'un moment, la porte s'entrouvrait, soulagement ! Je voyais le sourire unique de ma grand-mère qui réchauffait la pièce de son visage rayonnant, laissant apparaitre le soleil dans mon ciel. Débordante d'une générosité ardente, elle tenait toujours une assiette à la main, garnie d'un kefta, d'un morceau de pain, de biscuits ou de fruits secs. Elle s'asseyait à mes côtés et, dans sa façon de s'asseoir, je pouvais sentir son affection protectrice. L'amour qu'elle me portait jaillissait de ses yeux comme une flamme, et m'enveloppait d'une tendresse sans limite, de celle qui vous fait vous sentir protégé de tous les maux.

Ma grand-mère m'a élevé, protégé, accompagné toute mon enfance, je réalise à l'instant la source de bonheur inépuisable qu'elle était pour moi et dont le souvenir est une fleur de réconfort au bord de mon chemin.

Elle n'est plus de ce monde, mais aujourd'hui encore, régulièrement, elle apparaît dans mes rêves, en communion avec mon état d'âme. Lorsqu'un événement douloureux se produit dans ma vie, de nature à me faire plier l'échine, ou que je suis cloué au lit avec de la fièvre, elle est ensanglantée ou en flamme, comme si elle voulait me délivrer un message de compassion et partager la souffrance à mes côtés. Au contraire, quand c'est une bonne nouvelle qui m'a réjoui dans la journée, elle vient, vêtue d'une magnifique robe, se tenant au milieu d'un jardin, les yeux teintés de bonheur. Sa présence toujours vive est l'arc de mon ciel.

Lorsqu'elle me rejoignait dans mon petit univers sur le canapé, ma grand-mère, sachant très bien que je détestais l'école et la lecture, voulait profiter du fait que j'avais des livres imagés en main pour me transmettre un message.

« Mon fils, si tu n'aimes pas les livres, me disait-elle, je te supplie d'en ouvrir un seul, de passer patiemment ton index sur chaque ligne. Un jour tu tomberas sur un mot qui te parlera, qui te plaira, et ce mot représentera pour toi la clef d'une des portes de la connaissance. Je ne serai sans doute plus là, mais ce jour-là, un basculement dans ta vie se produira, tu verras le monde d'un autre regard, le soleil scintillera dans la nuit, la neige tombera en plein été, tu écouteras avec tes yeux, tu sentiras le parfum des fleurs là où elles ne sont plus, tu rencontreras de vrais amis qui t'apporteront le soutien, le bonheur, la paix.

Quelque chose d'extraordinaire changera ton destin, je le sens. »

Ce conseil mystérieux, je le pratique aujourd'hui, non pas dans les lignes de physique, géographie ou histoire, mais dans les vers de Baudelaire ou les écrits de Maupassant, vingt ans plus tard mon index parcourant des milliers de mots, le basculement annoncé s'est produit.

Je reste toujours bouleversé par les paroles puissantes de ma grand-mère analphabète. Cette sagesse de vie, je suis heureux de la faire mienne au présent, avec une gratitude infinie. Il n'est jamais trop tard !

Les mouettes nous rappellent de ne pas prendre la vie au sérieux

Refermant son livre de Christian Bobin, l'homme assis en face de moi change de position. Son pied frôle le mien, me ramenant à la réalité. Nous approchons de Dunkerque. Je m'immisce involontairement dans l'échange qu'il a avec sa compagne. Vraisemblablement, ils sont là pour rendre visite à un proche en fin de vie. La femme semble fort affectée et pleine d'appréhension, presque prête à rebrousser chemin. Pour la réconforter et apaiser ses angoisses, il pose sa main sur la sienne et lui dit des mots qui imprègnent mon cœur et entrent en résonance avec ma philosophie : « Chérie, je sais qu'il t'est difficile de revoir ton frère mourant, après tant d'années de distance glaciale. Va au plus profond de toi-même retrouver la tendresse qui vous unissait dans l'enfance et offre-la-lui sans contrepartie, avec ton pardon. Nul besoin d'explications. Allons lui rendre visite et libérer son âme du fardeau de cette mésentente. Cela peut tout changer pour lui et pour toi. La voix humaine qui pardonne est une mélodie apaisante lors du grand départ. »

Le couple commence à rassembler ses affaires. J'attrape mon sac de voyage et les suis dans le couloir du train. Elle, me précédant, le poids de la vie sur ses frêles épaules, mais redressant la tête à l'idée d'accomplir une noble mission. Lui, ouvrant la voie, se retournant pour embrasser sa compagne, fier et ému d'avoir trouvé les mots justes. À la sortie du train, nous nous séparons par un au revoir. Et moi, une fois encore je remercie la vie pour cette rencontre.

Anabelle m'attend devant la gare, mon amie belge avec qui j'ai toujours plaisir à partager certains moments denses de la vie. Dunkerque est coruscant. Sa lumière pénètre en moi et irrigue d'une douce énergie tous mes membres. Il est 13 heures, le souvenir du Massgedi m'a ouvert l'appétit. Anabelle me propose de déjeuner en terrasse, sur la digue. L'air est caressant. À notre habitude, nous parlons de tout et de rien, autant que du sens de certains coups du sort.

Quelques mouettes tournoient tout en criant, semblant rire de nos échanges, comme pour nous rappeler de ne pas prendre la vie trop au sérieux.

La terrasse est inondée de lumière. Du monde prend place, avec la délicatesse d'une société bien élevée. Enthousiasme partout, bruit des chaises que l'on tire, sourires qui éclatent, dialogues qui s'amorcent... Puis le concert des couverts et des assiettes monte, régulier et rythmé. Cette musique, anodine aux oreilles de mon amie belge, ne m'est pas encore familière.

Dans mon pays, on a coutume de manger avec les doigts, plus exactement avec la main droite qui forme une pince sur un morceau de pain. Certains chez nous prétendent que le bout de nos doigts est porteur d'une saveur supplémentaire. J'essaye de retrouver ce surcroît de saveur au travers de la rencontre frénétique de mon couteau et de ma fourchette.

Après le déjeuner, nous allons marcher le long du port, flânant autour du *Duchesse Anne*, un ancien trois-mâts qui me semble dormir paisiblement sous la chaleur timide d'un mois d'avril. Il tangue légèrement tel un berceau de bébé. Le jeu du soleil sur l'eau, l'extraordinaire douceur de la lumière, le mouvement dansant des vauriens, petits dériveurs passant devant moi, m'apaisent l'esprit. J'embrasse la vie.

Pour prolonger cet après-midi ensoleillé, nous déambulons le long de la mer. Je vois passer un voile de tristesse sur le visage de mon amie. Un instant de nostalgie traverse son regard. Je m'empresse de lui demander si tout va bien. Elle me dit que regarder les vagues lui rappelle que la vie passe, très vite, qu'elle s'est chamaillée avec sa mère, pour une pacotille. En un instant le ton est monté, des mots prononcés... Reste le regret.

Moi aussi, lui dis-je, je suis parfois habité par le remords de paroles acides. J'avais un ami très cher avec qui j'ai partagé des moments heureux durant mes séjours à la campagne, en Afghanistan. Il s'appelait Sabour, ce qui signifie Patience. Fils unique, il n'avait pas connu sa mère, morte deux ans après sa naissance. Il habitait avec son père, un berger fidèle à son troupeau. Toute son enfance avait été marquée par l'absence de sa mère, par les soucis de la misère, par le sentiment d'infériorité qu'il éprouvait par rapport à ses camarades. Il avait appris à lire, en allant quelques années en classe. Plus tard, son père avait sauté sur une mine et perdu l'usage de ses jambes.

Sabour avait dû arrêter sa scolarité pour s'occuper des bêtes. C'est ainsi que le destin l'a voulu, me disait-il, et je l'accepte.

La vie de son père se résumait désormais à observer les nuits succédant aux jours, dans l'attente du dernier.

Dès l'aurore, Sabour se levait, préparait sa besace et sortait, des étoiles dans les yeux. Alors qu'il se rendait dans les pâturages environnants, il croisait les élèves qui fréquentaient l'école, le cœur débordant de regrets non exprimés. Je n'ai d'autre avenir que de m'occuper de mon père et de ses moutons, disait-il d'un sourire éteint.

Il affrontait les duretés de la vie avec courage. Dans la chaleur du jour, Sabour conduisait ses bêtes s'abreuver au ruisseau. Pendant les brûlantes journées d'été, quand la poussière étouffait sa gorge, et que l'air sentait le mouton en sueur, il marchait à l'arrière du troupeau et s'assurait qu'aucun agneau ne soit séparé de sa mère. Il aimait ses bêtes et gagnait leur confiance avec patience. Elles lui apprenaient à communiquer avec les paysages.

« La nature est mon maître, affirmait-il, elle chante quand je n'ai que mes yeux pour pleurer. » Mais la soif d'une autre vie perturbait toujours son esprit. Une vie tournée vers la connaissance. Gardant cet espoir vif, il avait toujours un livre dans sa besace, le saisissant dès que l'occasion se présentait.

Lorsque j'étais d'humeur maussade, et qu'un sentiment de vacuité s'emparait de moi, j'allais toujours rendre visite à Sabour. Nous discutions et j'appréciais sa manière de parler du bout de la langue, cela me donnait envie de l'écouter pour mieux oublier mon humeur sombre des mauvais jours. « La tristesse est passagère, essaie de réfléchir, me disait-il, vis cet état simplement comme une nouvelle expérience qui se produit en toi. La vie ne t'a pas oublié, mon cher ami. Il ne faut pas croire que nous sommes invisibles, il y a des vies que nous ensoleillons par notre seule présence.» Puis il sortait son instrument de sa poche d'un geste prolongé. Grâce à son souffle lent et puissant, une mélodie vive sortait de sa flûte et se répandait jusque sur les collines vertes et odorantes, les sentiers qui serpentaient le long des coquelicots. Elle m'enflammait la peau d'une émotion étrange et m'emmenait dans un monde de fantaisie.

Bien que j'aie toujours apprécié ces moments réconfortants d'amitié, ma part sombre se réveillait parfois et j'éprouvais alors un malin plaisir à couper court à ses élans optimistes et passionnés. Jalousie ou stupidité, je n'aimais pas voir un ami un livre à la main. Et surtout pas un berger.

Un jour, suite à un malentendu, je l'ai bombardé de mots offensants. Il n'a ni protesté, ni laissé entrevoir sa blessure. J'ai quitté le pays pour l'Europe sans avoir eu l'occasion de m'excuser. Il y a deux ans, j'ai appris qu'il était mort dans un attentat. Je l'aimais sincèrement. Mais mes dernières paroles résonnent encore dans ma mémoire et le remords me laisse meurtri. Il est mort, mon seul espoir est qu'il m'ait pardonné.

«Comme je te comprends, me dit Anabelle en pressant mon épaule. C'est le genre de souvenir dont on garde la culpabilité. Tu sais à quel point notre chemin est parsemé d'épines et de pierres tranchantes, il faut parfois bondir par-dessus et avancer... tu le sais mon ami, toi qui souris toujours à la vie. »

Nous marchons sur la plage d'un pas régulier. La marée est basse, nous réservant une bande de sable dur. Nous nous amusons à faire crisser les coquillages sous nos pas, en laissant derrière nous les miettes. Quelques vieux bunkers reposent sous les dunes. Dans la mer, la carcasse d'un ancien navire, rongée par l'eau, a fini par éteindre son feu.

Soudain, il me semble que l'air se noircit. Le ciel se met à bourdonner. Des avions de chasse apparaissent au loin. Ils approchent et arment. Des bombes pleuvent, venant s'écraser sur la plage. Des hommes sont touchés. Des cris déchirent les nuages. Des rayons flamboyants incendient l'espace. Des soldats sortent en courant du bunker, armés jusques aux dents. Ils foncent vers le navire. Anabelle s'amuse de mon imagination !

En fin d'après-midi, des lambeaux violets envahissent l'azur, l'heure avance. Nous nous rendons à Bray-Dunes, petite station balnéaire où nous séjournons quelques jours dans une maison face à la mer. Du salon, j'observe la robe orange du soleil suspendu à l'horizon, dessinant aux côtés des promeneurs une ombre qui s'étire.

Mes pensées se teintent d'une douce mélancolie. Je reste assis, immobile. Je laisse mon âme infuser ces couleurs.

Peu à peu, le plafond s'assombrit tel un ciel d'orage. L'obscurité gagne la pièce et m'enveloppe de velours. Le dîner n'est plus loin. Déjà le saumon sort du four et son fumet délicat se répand. Les pommes de terre en robe des champs complètent le festin.

Un souvenir affleure à ma mémoire, lorsqu'Anabelle me propose de prolonger la soirée d'une tisane et d'un morceau de cake.

Je fréquentais alors régulièrement la mosquée où je suivais les cours de l'Imam. Malgré l'obligation de se lever à 5 heures chaque matin, de cheminer à moitié endormi avec d'autres enfants le visage pâle et les yeux gonflés, malgré la peur de recevoir un coup du long bâton que l'Imam gardait toujours à la main, pouvant atteindre la nuque de l'élève du dernier rang, malgré tout cela, je savais que grâce à ma respectée grand-mère, personne ne pouvait rien contre moi, ni l'Imam ni qui que ce soit. Cependant en entrant dans la mosquée, je redoutais ses gros yeux et ses châtiments, mais ce n'était rien à côté de la perspective de pouvoir déguster notre fameux pain gras sucré.

En effet, selon la tradition, chaque élève passant d'un niveau à l'autre de l'enseignement du Coran apportait un grand plateau recouvert d'un tissu coloré, dissimulant plusieurs de ces pains à partager entre les élèves et l'Imam. Les visages s'illuminaient, une immense joie animait les regards tournés vers le trésor. L'élève posait celui-ci devant le maître et commençait à réciter ses leçons. Les narines de l'Imam remuaient déjà, flattées par la bonne odeur des pains chauds. Nous recevions alors l'ordre de baisser la tête. Impatients de recevoir notre part, mon estomac chantait. Combien de délices, cachées dans cette tranche de pain ! Que cette heure et demie de cours nous semblait longue ! Nous nous efforcions de ne pas regarder ce fameux plat, mais comment contrôler les yeux d'un enfant en attente de savourer ces douceurs dissimulées… Les coups d'œil que nous nous lancions à la dérobée faisaient briller des petites flammes de gourmandise dans nos regards. Nous haussions les sourcils, déjà sur la pointe des pieds.

À mesure que le temps passait, mon impatience grandissait jusqu'au moment où enfin nous entendions l'Imam autoriser l'élève à couper et distribuer à chacun une tranche de pain. Quel plaisir pour nous d'avaler le moelleux de cette gâterie et pour nos lèvres de garder les traces et le goût du sucre fondu. Enfant terrible, à la mosquée ou à l'école, j'ai toujours gaspillé mon temps. Et ma famille qui me faisait confiance...

Quelques miettes sur la table, la soirée se termine, je regagne ma chambre. De la fenêtre ouverte, je perçois le chant de la mer alors que la nuit se met à tomber et m'enveloppe légèrement. La lune est basse. Mon âme est en paix dans cette pénombre rafraîchissante. Les étoiles vibrent. Je les écoute, tandis que le son d'une télévision au loin perce le silence. Je tire les rideaux et m'allonge sur le lit. Une obscurité reposante ferme mes paupières. Je veux me glisser dans un sommeil profond et paisible. Hélas! la nuit sera vite interrompue.

Je suis dans une tempête, le mouvement des vagues me chahute entre rêve et réalité.

Kaboul 2087

Plongé dans l'obscurité, les yeux de l'âme me font entrevoir des merveilles. Je vole dans l'immensité bleue du ciel. Par le hublot j'observe des morceaux de nuages déchirés par l'aile de l'avion, comme la fumée de cigarette par les doigts de l'écrivain assis à sa table. Je ne sais pas à quoi je pense. À cet instant, j'entends la voix de l'hôtesse de l'air qui nous invite à attacher nos ceintures. Nous allons atterrir dans quelques minutes. Je ris. Instant léger de bonheur.

En descendant l'escalier mobile, j'aperçois des avions qui circulent, sans pilote. Des robots humanoïdes transportent les bagages. Une silhouette féminine en uniforme guide les passagers en leur souhaitant la bienvenue à l'aéroport international de Kaboul. En entendant cette phrase, un de mes grands désirs se réalise de façon aussi rapide qu'inattendue : être accueilli chaleureusement en posant à nouveau le pied sur ma terre natale, le cœur en paix. La police de l'immigration place sur le front des passagers un appareil électrique enregistrant leur température et leur fréquence cardiaque pour pouvoir les autoriser à pénétrer sur le sol afghan.

J'entre alors dans une vaste halle lumineuse, magnifiée par la photographie géante du fabuleux lac de

Band-e Amir. Il constitue l'une des merveilles naturelles du monde. La pureté de sa couleur turquoise est unique. Se succèdent des restaurants étoilés, des magasins prestigieux et un musée aux parois de verre où sont exposés des portraits de grands écrivains et poètes afghans. Y figurent même des tableaux décorés de lapis-lazuli, représentant des hommes et des femmes portant le costume traditionnel d'autrefois, des reconstitutions du Bouddha de Bamiyan et de la Mosquée Bleue de Mazar-e Charif...

Je sors de l'aéroport. Quel temps splendide ! Les rayons du soleil irradient la ville et quelques nuages s'attachant entre eux dessinent un arbre poussé en plein ciel. Les trottoirs sont bordés de plates-bandes de fleurs. Je suis surpris de ne voir aucun mendiant, aucun mégot de cigarette par terre, aucun plastique dans l'air. La ville est propre. Tout le monde est élégamment vêtu. La plupart des piétons ont des livres dans les mains. Les femmes marchent en toute liberté et tranquillité sans être la cible du regard impudique des hommes et de leurs gestes incorrects. Des larmes de bonheur troublent mon regard devant cette vision idyllique.

Je monte dans un tram. Destination Shahr-e Naw, le quartier de mon enfance où j'ai accumulé des centaines de souvenirs, doux et amers. Des voyageurs de toutes les couleurs. La discrétion domine dans leurs yeux, l'enthousiasme dans leurs mots. À l'arrière de chaque siège, un écran automatique me permet de consulter la température intérieure et extérieure, la vitesse du véhicule, la durée du trajet. L'annonce du festival de Kaboul ce soir à Bagh-e Bala défile sur l'écran. Ce festival rassemble acteurs et actrices du monde entier. Puis vient celle de la prochaine finale de la Coupe du monde de football à Kandahar. Dehors, les acacias en fleurs forment une tonnelle parfumée, apaisante. Les villas posent avec fierté de part et d'autre de la route. Les immeubles qui s'élèvent vers l'azur me fascinent par leur hauteur.

En quelques minutes j'arrive au carrefour d'Ariana. Je vois quelques sculptures féminines, sac à l'épaule et stylo dans les mains. L'une d'entre elles est Naheed Sahed, fièrement debout. Elle était l'une des premières étudiantes qui s'est offerte sous le feu des balles de l'occupant dans les années 1980, pour la liberté de son pays. Je descends à cette station pour saluer la générosité et l'héroïsme de ces personnages emblématiques. Je marche lentement, mon sac dans le dos. Les cafés débordent de monde jusque sur le trottoir, offrant à leur clientèle l'ombre des sapins. Ces hautes silhouettes gracieuses, je les aime pour leur odeur, pour leur fidèle hospitalité, pour les tourterelles ainsi que pour les bruyères rouges et violettes qui poussent à l'abri de leurs branches. Sur les tables, les verres contiennent des boissons colorées. Filles et garçons discutent de l'actualité ou de l'exposition dont ils sortent. Je sens en moi le bonheur bouillonner et ne peux retenir un éclat de rire.

Je continue à marcher. Au bout d'un moment, je pénètre dans un parc, un océan de verdure sur lequel repose un doux rayon de feu infini. Je pose mon sac, tend les bras et médite un instant. En levant la tête, je ne vois que des branches d'acacias se détachant sur la nappe bleue du ciel, légères et ajourées. Les fleurs dorment sur leurs tiges. Autour de la pelouse, un tapis de tulipes rouges et jaunes accueille les papillons. Soulevé par tant de beautés, des mots endormis jaillissent en moi et créent l'harmonie de ce nouveau monde. Je m'abandonne au vent de la poésie.

Il n'y a personne pour m'importuner, pour me questionner sur ma religion, mon ethnie, ma langue, ou encore mon habillement. Je retourne vers le carrefour, et là, un bâtiment imposant à l'enseigne du Centre médical international, où médecins et scientifiques fabriquent des médicaments antidouleur pour la terre entière. Je me tiens quelques instants devant ce monument gigantesque, les mains dans les poches, pétri d'admiration en présence de ce symbole de la modernité, les yeux émerveillés.

Un pays dans lequel les habitants et les voyageurs circulent en toute tranquillité, où toutes les régions sont d'un accès facile. Chaque province est unique par la beauté de ses paysages ou les bienfaits de son climat. Les montagnes grandioses éclaboussent le regard, certaines par la rougeur des coquelicots ou la verdeur des sapins, d'autres par la majesté de leur relief d'où s'échappent des cascades. L'eau rebondit sur les rochers, gicle sur les cailloux et clapote sur la mousse dans les rivières. Celles-ci répandent leurs poussières laiteuses sur les troncs, apportent leur fraîcheur sur les branches et font entendre les battements de leur cœur jusqu'au ciel. Des archéologues parcourent le pays de Badakhshan à Nimroz en quête de trésors. Peintres et photographes restent sous son charme, ils louent sa magnificence. Les vallées verdoyantes inspirent les artistes, les forêts sauvages les scientifiques, les sommets des gratte-ciel les alpinistes.

Les hommes vivent en harmonie avec la nature. Ils ne chassent plus les oiseaux mais entretiennent avec eux une relation intime. Ils les choisissent même pour guides. Les nobles volatiles invitent les hommes dans leur domaine, aventures et découvertes commencent alors. Un voyage à tire-d'aile vers de nouveaux horizons.

Les femmes ne sont plus assises au bord du tandour, le visage décomposé par la chaleur et la fumée, des heures précieuses s'écoulant alors que la société les attend. Elles ne sont plus masquées derrière un rideau opaque de détresse, merveilles réservées…

Elles sont le doux parfum d'un art de vivre, les couleurs chatoyantes du pays, la couronne de l'homme. Elles sont les reines d'une humanité nouvelle !

Ce pays rend l'homme bon et heureux. Une autre société est née.

À ce moment-là, une moto électrique surgit de nulle part, interrompt mes pensées. Un jeune couple en descend. L'homme, bien habillé, s'adresse à moi d'une façon respectueuse :

« Bonjour monsieur, voici le sac trouvé dans le parc à l'instant grâce aux récentes technologies, est-il bien à vous ?

- Oui bonjour monsieur, merci infiniment, il est bien à moi, mais qui êtes-vous ?
- Nous sommes les serviteurs du nouveau monde.
- Pardonnez-moi... comment se fait-il que vous m'ayez rendu mon sac ? Autrefois cela ne serait jamais arrivé !
- Cette époque est révolue et la malhonnêteté

disparue. Aujourd'hui nous œuvrons sous le drapeau de l'humanité et nous sommes à votre disposition pour vous guider, vous renseigner, vous aider... »

À ces aimables propos, je suis saisi d'étonnement et leur demande où sont passés ces armées des ténèbres, partis politiques, hommes sauvages qui dérangeaient, frappaient, et même lapidaient les gens. Je leur raconte comment ils coupaient les seins, enfonçaient des clous dans les têtes, expérimentaient la danse de la mort, commettaient des attentats-suicides, imposaient leur intégrisme féroce, leur mouvement barbare et inhumain faisant des milliers d'enfants orphelins, déambulant affamés sur les trottoirs transformés en mouroirs.

Leur envie n'était que d'argent, leur motivation un désir incontrôlable de richesse. Ils étaient prétentieux, profanateurs, injurieux, offenseurs contre leur peuple et leur pays. Ils étaient insensibles et implacables devant les larmes des veuves. À cause de la trahison et la corruption de ces hommes politiques, le ministre resté fidèle à sa patrie livrait des pizzas en Europe, l'astronaute fierté de l'Afghanistan travaillait dans une usine à l'étranger. Les jeunes, avenir de la société, étaient transformés en torches vivantes aux frontières en voulant fuir. Les jeunes, espoir du pays, mendiaient en Turquie, étaient prisonniers en Grèce, se perdaient dans les forêts de Macédoine, recevaient des coups de pied et de bâton en Serbie, étaient humiliés en Hongrie, perdaient leur temps dans les centres de détention en Autriche, erraient désespérément dans les rues en Allemagne, nettoyaient les voitures en Belgique, vendaient des cigarettes sur les trottoirs de Paris…

Devant leur stupéfaction, j'ajoute que les bombes explosaient quotidiennement dans les rues, les hôpitaux, les écoles et les habitations. Une épaisse fumée noire formait des volutes flottant dans l'air. Paysage en miettes, blessés dans les brouettes, habitants s'éparpillant, certains ramassant les morceaux de chair de leur proches, d'autres tentant tragiquement de retrouver leur chemin dans les ruines. C'était comme si l'enfer se déversait sur Kaboul et avalait goulûment tout ce qui se trouvait sur son passage. Cela pendant des décennies.

Les paysages truffés de mines invitaient tous les jours des êtres pour un voyage… vers l'Éternité.

Je leur décris l'odeur de désespoir et de méfiance qui régnait dans la ville et le Ciel sourd aux prières des Afghans. Même le soleil était angoissé et au moindre souffle de vent, pénétrait sous la fente des portes la poussière de la mélancolie. Le pays n'était qu'un bain de sang.

Le jeune homme, atterré par le déroulement du fil de ma mémoire, lève les yeux vers le firmament pour trouver une consolation aux sources de la lumière. Il pousse un grand soupir en me prenant dans ses bras. La gorge noyée d'émotion. Il me déclare d'une voix blanche : « Nous sommes tout le contraire de ce que vous nous avez raconté. Nous n'avons pas le droit d'interroger sur la religion, l'ethnie, la langue... ni de savoir qui gagnera le paradis ou l'enfer. Nous ne sommes là que pour renseigner les habitants et les touristes, s'assurer de la sécurité et de la tranquillité de la ville. »

Je les interromps en leur demandant qui est le président actuel.

« C'est une jeune femme généreuse et bienveillante. L'une des plus grandes intellectuelles du pays qui a été enseignante en droit à l'université internationale de Kaboul. Actuellement elle est en déplacement à Hérat, pour accueillir une équipe de jeunes qui vient d'atterrir après une mission spatiale et féliciter les agriculteurs qui ont eu un succès mondial avec le safran. »

Le bruit de la mer est devenu féroce

Le mot safran n'était pas complètement sorti de sa bouche, qu'un tourbillon de vent sinistre forçait la fenêtre et envahissait la chambre de sa froidure. Je sursaute en ouvrant les yeux. Il n'y a ni lumière, ni enthousiasme, les serviteurs du nouveau monde ont disparu. Le bruit de la mer est devenu féroce. Les volets claquent. Des grondements de tonnerre secouent la terre. Des éclairs atroces déchirent le ciel. Les bruits assourdissants traversent l'air. Le paysage surgit régulièrement dans une clarté immense et terrible. Le vent hurle… il arrache les maisons ? Dunkerque s'envole. La nuit est effrayante.

J'ai froid. Je ferme les vitres et m'allonge sur le lit. Triste comme une bougie à l'aube, je perds mon regard dans l'obscurité, tandis qu'une pluie moins violente tombe sur la ville.

J'aurais tellement aimé pouvoir inviter mes compatriotes dans cet Afghanistan des années 2087, dans cet avenir rêvé où grâce à l'éducation et à la recherche, toutes les ressources du pays auraient été découvertes et exploitées, faisant de lui un des plus riches, des plus actifs et des plus visités du monde. Un pays où le sol n'était plus ensanglanté, où les paysages n'étaient plus ravagés et vides de poésie, les imaginations éteintes, les esprits appauvris, les âmes fanées et les cadavres à la disposition des insectes. L'air n'était plus toxique et irrespirable. Les maisons n'étaient plus enfumées et couvertes de suie, les feuilles revêtues de chair humaine, la nature n'était plus morte et « le soleil noir de la mélancolie » avait disparu.

C'était un pays en paix, souriant, vert au sein de l'univers.

Kaboul n'était plus un cimetière, mais une source d'inspiration, un point de départ, un havre paisible…

Il m'est impossible de rester allongé dans cette position. Le lit s'agite sous mon corps telle une vague, l'oreiller repousse violemment ma tête, mon sommeil s'est envolé. L'âme abattue, je prends mon cahier et tente, à la faible lueur d'une lampe de chevet, de lire quelques lignes qui toujours adoucissent mes insomnies et consolent ma tristesse. Eau contre feu.

Une phrase d'Albert Camus capte aussitôt mon attention :

« Chaque génération, sans doute, se croit vouée à refaire le monde. La mienne sait pourtant qu'elle ne le refera pas. Mais sa tâche est peut-être plus grande. Elle consiste à empêcher que le monde se défasse. » Cette phrase me donne envie d'écouter une fois encore sa voix chaude et puissante. J'attrape mon smartphone pour chercher son discours de Stockholm.

À peine quelques mots prononcés, ses paroles sont interrompues par un texto : « Bonsoir Mahmud, je pense bien à toi et suis en deuil pour ton pays et ses habitants. » Mon estomac se noue, mon cœur bat à tout rompre, je songe à ma famille, mes amis, mes compatriotes. Nouveau moment de panique dont je suis coutumier. Sur l'écran de mon téléphone, s'affichent les nouvelles d'Afghanistan. Encore un attentat à Kaboul ! Nombreux morts, des hommes, des femmes, des enfants, des blessés graves. Mes proches sont épargnés cette fois-ci, sans quoi j'aurais été prévenu plus tôt.

Bien évidemment, je m'inquiète en priorité pour eux, mais l'acte de tuer ou de blesser intentionnellement un être humain est chaque fois une flèche qui déchire mon existence, lorsque j'en ai connaissance.

La respiration coupée, je m'asphyxie tandis que je bois jusqu'à la lie le noir poison de la réalité. Je m'assieds, cherche mon souffle… Mon pays descend aux enfers depuis si longtemps. Le cœur en charpie, les jambes chancelantes, je me sens triste et impuissant face à tant de tragédies. Attentats, meurtres, braquages, prises d'otages, corruption, écoles brûlées… Quand on vit dans ces conditions, chaque être humain peut se transformer en animal sauvage, prêt à manger les autres pour survivre. Et en coulisses, indifférence, insouciance, et fêtes dans les palais ! Tragi-comédie d'un monde dont le malheur et l'absurdité me laissent un goût amer, même au bord de la mer.

Au milieu de ces pensées affligeantes et désespérantes, des souvenirs enfouis resurgissent. Merveilleux et inattendu désordre de la mémoire.

Sadiq qui signifie fidèle, mon professeur de physique de dernière année de parcours scolaire, un homme d'environ soixante ans, avait les yeux bleu foncé, le visage gracieux, la barbe poivre et sel, l'air sérieux. Notre classe était au premier étage d'un immeuble abîmé où sur les murs intérieurs et extérieurs subsistaient encore les traces fraîches de tirs de balles. Seuls avaient survécu une moitié de la porte d'entrée, ainsi qu'un morceau du tableau noir sur le mur jauni. En entrant, Sadiq allumait toujours une cigarette, ne tirait qu'une bouffée et laissait la cendre s'accumuler au bout de ses doigts tandis qu'il nous parlait. Au fil des heures, il nous confiait : « La patrie a le prestige d'une mère. Il faut l'aimer. Mes chers fils, essayez de la protéger, d'y planter des fleurs, de la rendre fière, de la défendre pour sa liberté… aujourd'hui elle palpite dans le filet de politiciens, mais sachez bien que demain un de ses fils la libérera. Il n'y a point de plus grande honte que de gouverner sur les larmes des veuves... »

Quand je vois mon pays, ma deuxième mère, si chèrement nommée par mon professeur, frissonner de malheur, chacune de ces détresses m'est un coup de hache qui provoque une fissure dans le tronc de mon existence.

Quand je vois les enfants être victimes d'agressions sexuelles ou vendus définitivement pour une somme dérisoire afin que les leurs puissent manger, je brûle de l'intérieur. Dans d'autres familles, c'est le rein d'un père qui sera mis aux enchères pour que les enfants puissent subsister. En témoignent les longues cicatrices que nombre d'hommes portent sur le côté de l'abdomen. Des jeunes tombent d'avion, je m'interroge, devrai-je regarder scène plus tragique au cours de ma vie ?

Je me consume tout entier quand je pense aux femmes qui sont flagellées, violées et dont le visage est la cible des armes. Mon esprit s'enflamme aussi pour ces milliers de civils qui vivent dans la terreur, en ce pays occupé, tandis que d'autres subissent d'inimaginables atrocités dans les prisons. Poison. Mort.

Je vous parle d'un pays dans lequel les êtres vivants n'ont pas de valeur. Un pays dans lequel les blessés et les morts ne sont que des chiffres. Un pays dont les soldats affamés, devenus inutiles, voient leur destinée s'interrompre. Des corps ravagés et puant la mort déambulent, le regard brisé. A cause des attentats réitérés, des hommes et des femmes aux visages mutilés deviennent une horreur pour leurs enfants, un effroi pour la société, une honte pour l'humanité et une tache pour l'éternité.

En ce soir d'avril, j'ai mal à ce pays dont la flamme de la justice est éteinte depuis tant d'années.

Une peine qui perturbe mes nuits et empoisonne mes journées. Je suis affligé. En songeant à ma patrie et à mes compatriotes, j'allume la lumière pour déchirer cette obscurité douloureuse. Le silence ne peut percer le silence, il faut crier. Je prends alors l'instrument qui m'aide à apprivoiser ma solitude et mes préoccupations, le stylo. Ce soir, à travers l'encre, c'est le sang de mes compatriotes qui s'écoule. Je gratte le papier pour semer l'espérance.

Ma chère patrie ! Ils ont brisé ton cœur et blessé ton âme.

Afghanistan, ton visage est empreint d'un malheur absolu, tes yeux sont mouillés de chagrin.

Afghanistan, avec toi j'ai signé un contrat à vie. Je peux te quitter, mais tu ne me quitteras jamais. Ton bonheur m'est plus cher que le mien. Tes braises brûlent en moi et ne s'éteindront que dans ma sépulture. Je serai le poète qui te donne sa vie et te fera gagner la liberté. Mon cri sans fin sera entendu du nord au sud pour qu'un jour tu connaisses la paix !

Page après page, une certaine confiance m'envahit et un éclat de lumière brille à l'horizon de l'avenir de mon pays. Au travers de ces phrases qui coulent de tout mon être, je voudrais saluer ceux qui malgré la guerre et l'ignorance continuent à vivre, malgré le froid et la faim résistent et espèrent. Leur détermination m'apaise. De ce liquide amer sortant de mon stylo, je formerai des gouttes d'espoir et arroserai les fleurs abîmées par les armes.

Le parfum du chèvrefeuille va fleurir ma journée

Bien vivant, je lève la tête et perçois l'aube. Elle attend derrière les rideaux. Je pose alors mon double qui a pleuré tout au long de la nuit. J'ouvre la fenêtre, tandis que la ville est encore endormie. Je cligne des yeux, surpris par la luminosité de l'aurore. Le parfum délicat du chèvrefeuille monte de la cour voisine et va fleurir la journée qui commence. L'amertume des moments tristes ne doit pas défaire la douceur des jours meilleurs.

Je sors me promener sur la plage. Je respire l'iode matinale tout en buvant la lumière. Je n'ai plus sommeil. Quelques petits nuages se rencontrent dans l'azur. Alors l'immense boule flamboyante d'or éclaire l'horizon. La tempête n'a laissé aucune trace de son passage.

Une énergie invincible bouillonne en moi. J'ouvre les bras, ferme les yeux et avale cette fraîcheur dans tout mon être. J'avance vers l'eau. Un message d'espérance me parvient de chaque clapotement des vagues. J'observe les mouettes qui s'élancent au-dessus d'une voile et un vieillard qui remue le sable à la recherche de coques. L'homme, les oiseaux et le bateau donnent sens à la mer. Devant tant de splendeur, un attendrissement infini court dans mes veines et réveille les poésies secrètes de mon âme.

Je me dirige alors vers la boulangerie en quête de pain chaud ou de croissants. Un couple me croise, interrompant sa conversation pour que je ne les entende pas, comme s'ils me refusaient l'aumône de leurs pensées. En entrant dans la boutique, je suis saisi par la gaieté du lieu et de la boulangère. De bonne humeur et hospitalière, elle manifeste sa sympathie à l'égard de tous ses clients habituels avec lesquels elle plaisante, et à moi, l'inconnu, elle ne manque pas d'adresser des mots agréables. Ce qui me marque, c'est sa petite taille et son grand sourire. Finalement, je me décide pour des pains au chocolat qui viennent de sortir du four.

À mon retour, mon amie belge m'a préparé un œuf en étoile que j'aime tant. Je presse quatre oranges. Nous nous installons à la petite table carrée qui nous accueille au soleil. Quelques jonquilles négligemment assemblées dans un vase offrent leurs pétales au vent léger. Traduire les cris de mouettes nous permet de rire aux larmes et de passer un joyeux petit déjeuner. Avant de reprendre la discussion de la veille et de nous lancer dans un dialogue philosophique, je m'écarte, muni de mon stylo, et prends plaisir à

répondre à cet inconnu dont j'ai la lettre sur moi.
« Tu travailles ? me demande Anabelle d'un air amical.
- Oui, je voudrais répondre à un courrier que j'ai reçu hier.
- Bonne idée mon ami ! Veux-tu un café au lait ?
- Je veux bien s'il te plaît, avec beaucoup de sucre… encore un s'il te plaît.
- D'accord, dit-elle tout en riant. Je n'ai pas oublié ce que tu m'avais raconté sur ton amour pour le sucre. »

Quand j'étais enfant, je remplissais la grande moitié de mon verre de sucre, puis je demandais pour le reste, du thé. Si jamais on me présentait un verre contenant moins de sa moitié de sucre, je tapais sur mes genoux, commençais à pleurer, pédalais par terre et hurlais jusqu'à ce que mon nez produise des ballons. Je récoltais ensuite le fruit de ma révolte : quelques cuillères supplémentaires ou des gifles militaires.

« Voici ton café, inspecteur Columbo ! S'il te manque un mot ou un adjectif, n'hésite pas à me solliciter, je sors faire du vélo », dit-elle avec un clin d'œil, tandis que je lui demande de ramener la fraîcheur de la mer. Depuis que nous avons regardé ensemble un film de Columbo prenant des notes sur son calepin à la recherche d'indices pour son enquête criminelle, chaque fois qu'elle me voit avec mon carnet, elle m'appelle inspecteur Columbo en se moquant de moi gentiment.

Et je commence ma lettre à l'ami inconnu.

Cher compatriote,

Ignorant votre nom, vos coordonnées, je m'adresse à vous suivant les conseils de Michel de Montaigne : « Tout homme est mon compatriote. »

Tout d'abord, je tiens à vous dire combien la lecture de votre lettre et la force de vos mots ont troublé mon âme, me laissant bouleversé devant la richesse d'un tel humanisme exprimé au travers d'une correspondance adressée à un inconnu. Toutes ces pensées sont porteuses d'encouragement, de reconnaissance… Me vient à l'esprit l'image de l'arbre, son tronc représente un message central, l'espoir et sa dynamique, exprimé dans les multiples courriers qui figurent autant de branches diverses. Le vôtre pose des questions. En y répondant vous me permettez de prolonger ce lien d'humanité qui nous unit, tout au long de notre éphémère voyage.

Pour commencer, il me faut vous avouer que je n'étais ni un bon élève ni une bonne personne avant d'avoir basculé dans ce périple imprévu vers l'Ouest et ses mystères. J'ai passé mon enfance à m'exercer à l'art de casser, à jouer dans la rue, à courir derrière les cerfs-volants… L'adolescent a fui sans avoir ouvert les yeux. Je n'acceptais ni conseil ni proposition, je m'en détournais en grommelant. J'ai souvent fait l'école buissonnière, puis à l'université je me suis appliqué à sécher les cours. Durant toutes ces années scolaires, j'étais un grand tricheur. Gaspillage. L'amitié et la confiance, je les ai brisées dans des dizaines de cœurs par mes infidélités. J'ai fait souffrir de nombreuses personnes par mon insouciance, y compris mes proches. La vie me semblait une fête, je n'existais que pour en profiter. Cependant j'aimais mon Afghanistan. Et je voulais que la terre soit fière de mes pas.

Toutes ces erreurs du passé m'offrent aujourd'hui la sagesse et les souffrances, la joie.

Sur le chemin de l'exil

Un jour le vent du destin m'a arraché violemment des bras de ce pays. Comme un oiseau emporté par la tempête. Sur le chemin de l'exil, j'ai traversé champs, forêts, villages... longé mers et rivières en compagnie de tous les dangers. Les étendues menaçantes des déserts, les sentiers tranchants des montagnes, les bises glaciales des nuits, les chaleurs brûlantes des jours, le froid, la faim, l'épuisement, rien n'a manqué pour m'éprouver. Les lèvres gercées jusqu'au sang m'empêchaient d'avaler quelque nourriture que ce soit et de mon visage gris coulaient des gouttes d'encre qui aggravaient la soif.

Mon horizon était noir, ainsi que le bout de mes ongles. Mes dents poussiéreuses grinçaient. Mes cheveux étaient raides comme des piquets. Les vêtements sales et durcis par la transpiration et la boue m'étaient une seconde peau. La peau de chagrin.

Les pieds couverts de blessures, les orteils agglutinés et enfermés dans leurs chaussures me martyrisaient jour et nuit. Le monde avait perdu ses couleurs, tout était noir sous mon regard attristé.

Mon corps bardé de malheur.

Durant ce périple dramatique, plusieurs fois les balles ont manqué leur cible. Je l'ai échappé belle. Une de ces scènes tragiques qui hante encore mon âme meurtrie s'est déroulée au cours d'une journée morose où, dans un village, j'ai été encerclé et sommé de m'allonger. Pris de panique, je m'exécutai. Mon sang était déjà figé de peur.

Visage au sol, cœur morcelé, j'imaginais la cartouche qui allait atteindre mon dos, je pouvais presque la sentir, telle une braise brûlante déchirant ma peau, dévorant ma chair, calcinant mes os, étouffant ma respiration. Je voyais la mort toute proche ou plutôt j'étais dans les mains de la mort. En ce moment amer, mille et une pensées traversaient mon esprit : je ne suis pas prêt à mourir, je voudrais déclarer une dernière fois ma flamme à Nelufar, je veux m'excuser auprès de ceux que j'ai blessés, informer ma famille de ma disparition…

***

J'ai marché plus de deux semaines en franchissant les montagnes, en suivant les traces du vent dans les déserts. Chaque pas sur les sables arides dans les vallées chaudes et étouffantes m'affaiblissait. Dans la journée, le ciel restait flamboyant. Les paysages vibraient de chaleur ainsi que mon regard de fatigue. Rien ne bougeait, rien ne chantait, rien ne volait. Mais le silence était perturbé par notre piétinement incessant et monotone, exilés, malheureux. Abandonnant la belle vie d'hier, affrontant la mort aujourd'hui ; et l'espoir pour demain. Lorsque je m'inventais un apaisement pour me consoler, une rivière, l'ombre d'un arbre, un peu de nourriture… brutalement se levait un vent chaud. Il couvrait et embrumait mon rêve d'une épaisse poussière de terre jaune. Durant deux jours, n'ayant de nourriture que des images en abondance, je n'avais rien mangé. À peine avais-je bu quelques larmes du ciel conservées dans les roches, là où un bol s'y formait. Ce liquide pourri et imbuvable avait la douceur d'une boisson qui rendait radieux le corps ainsi que l'âme. Mais mon estomac chantait dans l'attente de recevoir une miette de pain.

Ce long cheminement pendant des jours et des nuits m'avait épuisé, torturé, au point de me faire souffrir à chaque instant. Avançant dans la clandestinité où je ne voyais rien d'autre que ce sable sec, sa solitude éprouvante, son silence assourdissant, sa chaleur accablante, le désert à perte de vue laissait une impression plus sinistre encore. Effroyable immensité. Marcher dans les étendues angoissantes où planait la mort, sous un soleil de plomb qui brûlait la peau, aggravait la soif, transformait la terre en braise, me faisait goûter l'amertume d'une existence tragique. Le souhait de rencontrer l'ombre d'un nuage protecteur, errant dans l'azur, hélas, restait un désir. J'étais condamné à suivre le rythme de mes pas sans pouvoir me retourner.

Regard vide, esprit ravagé, cœur en charpie, pieds couverts de blessures, je n'étais qu'une feuille sèche virevoltant vers le sol.

Dans ces endroits atroces, quel courage il faut à l'homme, autant qu'à une goutte de pluie pour tomber !

Dans la soirée, lorsque l'incendie du ciel s'éteignait, un frisson passait et subitement le froid m'envahissait, le froid du désert. Cependant notre convoi était à l'arrêt pour quelques heures de repos. Quel repos ! Toute la nuit il fallait se battre contre le vent, à mains nues. Chercher des brindilles pour allumer le feu ou faire des génuflexions étaient la seule arme pour chasser cette bise glaciale. Enfin, manque d'énergie et mal aux pieds m'obligeaient à m'asseoir. Je me repliais en fermant les yeux. Dans ces ténèbres de peur et d'effroi, mes pensées étaient assaillies de scènes effrayantes et mortelles : si un serpent arrivait, que pourrais-je faire contre son venin, ou si un scorpion montait dans mon pantalon, ou si des inconnus m'emprisonnaient dans un filet, ou encore si des mains encerclaient mon cou, un couteau sous ma gorge et que mes compagnons de route ne se réveillent pas, qui appeler, où fuir ? Emmitouflé, je rentrais la tête dans mon sac à dos, un léger sommeil alourdissait mes paupières et je me jetais dans les bras de la vie en lui faisant confiance. Après un court repos, la froidure de l'aube me faisait trembler et je me trouvais sous une montagne de sable.

***

J'ai été enfermé pendant des heures dans le coffre d'une voiture avec d'autres personnes. Je me sentais aveugle et muet. Il n'y avait plus d'espace entre nos corps, je me fondais dans les autres. J'avais mal partout, cette obscurité lugubre m'étouffait. Je ne pouvais plus faire le moindre mouvement. La peur grandissait en moi, serré dans un cercueil dont le tangage me suppliciait. Un de mes compagnons hurlait à la mort, croyant agoniser. Le silence que lui imposait le chauffeur en vociférant le calmait un bref instant, puis il poussait quelques râles qui finissaient en vomissements. J'en recevais des giclées, sa tête écrasée sur ma poitrine.

Il y a des moments plus douloureux que la mort, ils torturent le corps, meurtrissent l'âme et tuent l'espérance.

***

Plusieurs fois j'ai pris le risque de me cacher sous un camion ou un train, en sachant que je pouvais me brûler, me blesser, me tuer moi-même. Je pliais mon corps, serrais ma chair et retenais mon souffle pour pouvoir entrer dans ce petit enfer. Chaque partie de métal était chaude et le moindre geste me brûlait la jambe, le bras… Pour y arriver, il fallait franchir quelques obstacles. Une fois j'ai voulu sauter d'un mur couronné de barbelés. En voyant la police s'approcher, j'ai perdu le rythme de mon art de fuir et en me précipitant pour m'échapper, ma veste s'est accrochée au fil de fer. Pendu comme un mouton au crochet d'une boucherie, chaque bulle d'oxygène me lacérait tel le couteau du boucher. Le sang qui coulait de mes mains innocentes ravageait la terre comme des gouttes de poison. Tandis que le soleil étincelait, que la nature croissait, que l'océan bruissait de son flux et reflux, j'étais rivé à l'échafaud de l'exil, la tête penchée sur la guillotine.

Ma vie était devenue un jeu d'échecs qui amusait des spectateurs insouciants.

Tombé au sol comme un vulgaire sac de paille, je me suis retrouvé couvert de blessures et passai des semaines dans une chambre où les briques suintaient la tristesse derrière un plâtre griffé par le malheur. Le cœur en miettes… Solitude. Désespérance.

***

J'ai passé plusieurs jours au milieu de la Méditerranée dans la cabine bondée d'un petit bateau de pêche où il y avait la place pour une personne alors que nous étions plus de quinze. L'un sur l'autre. Pas de nourriture, pas de toilettes... respirer pour survivre représentait un exploit. Quand une nuit le moteur s'est arrêté, le vent s'est levé, et le bateau s'est mis à tanguer plus fort jusqu'à ce qu'une tempête se déclare. Chaque vague rugissait tel un monstre prêt à engloutir nos vies. Le balancement du bateau envoyait nos corps, serrés les uns contre les autres comme une seule masse, s'écraser d'un bord à l'autre. Les vêtements mouillés. Les visages sales et ravagés de fatigue. Les traces de vomi au coin des lèvres. La langue pendante. Au secours, une goutte de boisson ! L'odeur d'urine, de vomissement, d'essence... créait un gaz irritant et toxique qui piquait jusque dans les sinus. Les pleurs des enfants et les gémissements des femmes rendaient cet enfer insoutenable.

À chaque souffle, le bruit rauque de l'étendue sombre et profonde liquéfiait mes os. J'avais un pied dans la tombe.

Nous happions une dernière respiration. La rage de la mer noire glaçait le sang, certains avaient déjà abandonné par peur tout espoir… Instant sinistre jamais vu, impossible à imaginer!

Effrayés et endoloris, nous ne pouvions trouver un brin de consolation que dans les yeux de ceux dont nous partagions le destin tragique: noyés tous ensemble. Mais sur les visages vaincus, je ne lisais rien, ni sentiment, ni émotion, ni avenir, ni espoir. La seule clarté que je percevais dans leur détresse, c'était qu'ils voulaient comme moi pousser un cri si fort que nos familles l'entendent, nous allons mourir, ne nous cherchez plus!

La mort était déjà là, à rôder, tournoyant au-dessus du bateau tel un rapace à l'affût de sa proie.

La plus douloureuse des tortures que l'on puisse infliger à un être serait de lui arracher l'âme quand il est encore vivant.

Sommes-nous morts ou vivants?

***

Comment oublier cette période délétère pendant laquelle j'ai été contraint de me mettre au service de paysans à la saison du ramassage des oignons, des olives ou encore de la cueillette des oranges en Grèce?

J'habitais avec d'autres réfugiés dans une vieille maison. Des jeunes garçons, collaborateur parlementaire, avocat, journaliste… tous perdaient comme moi leurs journées, leur vie, pour une somme dérisoire dans l'attente de poursuivre leur chemin. Les regards vides, les barbes longues, les ongles noirs, les mains blessées… ils étaient ravagés par la souffrance, les uns déjà noyés dans le chagrin, les autres dans la misère.

L'un d'entre eux qui avait une quarantaine d'années, grand et musclé, me semblait plus malheureux, pourtant il s'appelait Omid ce qui signifie Espoir. Il avait un visage charmant et sérieux, entouré d'une fine barbe grise, les yeux brillants et le front haut. Il était en colère contre la vie et contre lui-même, se plaignait toujours de son passé, de sa famille et surtout de son père. Un jour j'ai réussi à échanger avec lui et à lui demander pourquoi il était brisé. L'ami a commencé à décharger sa peine, j'ai tendu l'oreille.

Rien ne l'avait rendu aussi triste dans la vie que l'ignorance de son père. Celui-ci avait été mécanicien autrefois. Jeune et travailleur, emmuré en lui-même. Sa mère, de quinze ans plus jeune que son mari, avait coulé une existence triste et amère» toujours anxieuse, taciturne, elle n'osait s'exprimer en présence de son mari qu'elle craignait. Et lui affectait une sévérité froide et distante… Jamais Omid n'avait rencontré homme plus inflexible, plus sombre et plus autoritaire que lui. Dès que sa pauvre mère avait une idée ou une proposition à suggérer à ses enfants, son père la regardait froidement et elle se taisait aussitôt. De sa vie, elle n'avait jamais connu la liberté.

Ils avaient une grande maison à Kaboul, dans une rue principale. Tout y était cher. Les terrains, les appartements, les magasins…

Le sous-sol qui leur appartenait mesurait 150 mètres carrés. Plusieurs fois les entreprises avaient demandé à son père de leur louer cet espace pour une somme mensuelle de 1 500 dollars, mais il n'avait jamais accepté. Pourtant avec cet argent ils auraient pu avoir un revenu considérable et résoudre tous leurs problèmes matériels. Omid aurait pu voyager dans d'autres pays pour suivre de bonnes études, avoir un travail indépendant, construire une meilleure vie… Il avait tellement essayé de convaincre son père ! Mais personne ne prêtait attention à ses paroles, au contraire tous lui faisaient des reproches. Chez eux il en va ainsi, les parents et les grands-parents décident toujours, personne n'écoute les jeunes. L'intelligence n'est pas importante, ce qui compte c'est l'âge. Quand il était enfant, pendant des heures son père lui demandait de monter sur son dos et de lui faire des massages avec ses pieds, en avançant et en reculant, alors qu'il fallait étudier. Dans son adolescence, il n'avait eu aucune liberté de choix.

Durant toute sa vie, c'est le père qui commandait, il décida même de son mariage.

Un jour Omid lui avait proposé de vendre cette maison pour acheter plusieurs appartements, magasins, créer une entreprise… Avec quelle colère et sévérité son père l'avait alors humilié : « Je ne t'autorise plus à prononcer ces mots. Cette demeure est l'héritage de mon grand-père. Elle est le souvenir de mes ancêtres, elle a un prestige, un secret que tu ne comprends pas, toi qui es de la génération des jeans, d'Internet, du maquillage futile… » Omid avait été mortifié devant ses frères et ses sœurs, et le regret de ses paroles le hantait encore.

Son père, qui n'avait pas d'activité professionnelle, passait son temps au sous-sol. Il y plantait des tomates, des aubergines, et une fois cultivés ses fruits, il s'adressait à sa femme avec fierté : « Vous n'avez plus besoin d'acheter des légumes pendant quelque temps, j'ai eu un bon résultat avec mes plantations. Essayez d'apprendre l'économie, cela va améliorer votre vie. » À ce moment-là, il se trouvait facilement 2 kilos de tomates ou d'aubergines au prix de 1 dollar sur le marché.

Cher compatriote,

Omid vous livre aussi un aperçu de l'ignorance qui enchaîne depuis des décennies ma patrie et qui, pour mon âme, est une flèche acérée.

Omid pensait que si son père l'avait écouté, à l'heure actuelle il ne serait pas dans cette situation à travailler du matin au soir, sans cesse rabaissé, à s'épuiser dans des tâches ingrates.

J'aimais cependant sa confiance dans l'avenir qui se cachait derrière ses mots : « Aujourd'hui je souffre intensément, mais j'espère toujours que la vie m'offrira le moment où toutes ces peines se changeront en émotions, les émotions en larmes, les larmes deviendront des mots, et les mots couleront sur un papier pour devenir un poème, un texte ou un livre. Cela pourra être une arme puissante pour détruire l'absurdité qui existe dans ma famille : l'ignorance. La génération suivante sera ainsi libre de choisir et non pas victime de la tradition.

Une société où manque la connaissance, même si le soleil l'éclaire, il y fait toujours nuit. »

Je suivais le reflux du malheur sur le visage d'Omid et espérais que pour moi aussi un jour il n'y aurait plus noirceur de la mélancolie mais chant de la mélancolie.

***

Dans la vieille auberge où nous logions en Grèce, les chambres étaient envahies chaque soir par des punaises de lit circulant sur les planchers et les matelas, avides de sang humain. Ma première nuit, dans l'ignorance de l'existence de ces ennemis, je me suis subitement réveillé me grattant le corps, courant à la salle de bains j'ai découvert avec effroi ma peau recouverte de piqures et de traces de sang. J'ai aussitôt installé dans le couloir deux chaises face à face sur lesquelles je suis resté dans une position inconfortable, et qui m'ont servi de lit durant tout mon séjour, au prix de douleurs infinies et d'un sommeil perturbé, avec la lampe de mon portable pour surveiller cette minuscule armée en marche et constater que d'autres moins allergiques que moi dormaient en ronflant. Ma gorge se serrait, je me sentais triste. Dans ces moments, je pensais à ma famille qui m'avait toujours souhaité bonheur et réconfort et qui aurait été meurtrie de ce spectacle.

Tous les matins dès 6 heures, j'enfilais combinaison de travail et gants, direction les champs d'oignons, les oliveraies ou les orangeraies. J'étais payé 20 euros par jour. Du matin au soir, il fallait grimper dans les oliviers de branche en branche, sous le regard du propriétaire, sans briser le moindre rameau ni abîmer les olives. Ou bien les mains en l'air, sous les orangers, le cou engourdi, les yeux piqués par la poussière en évitant la moindre maladresse pour qu'aucune orange ne tombe à terre. Ou bien accroupi au milieu d'une rangée de migrants, j'avançais en arrachant les oignons dans une terre boueuse ou dure comme du fer. Il fallait avoir la bonne technique, extraire l'oignon avec les feuilles, se placer dans chaque rangée pour progresser sans perdre de temps, ne pas exaspérer le responsable. À la fin de la journée, je rentrais exténué, les yeux larmoyants, les ongles blessés, les genoux écorchés, le dos cassé, le nez et la bouche irrités par cette fétide odeur d'oignons. Pour prendre une douche, charge à nous d'aller chercher des seaux d'eau froide à quelques centaines de mètres, puis se battre pour être au premier rang… enfin entrer dans une pièce sombre avec une lampe de poche où se trouvaient un éclat de miroir, un vieux bac crasseux et quelques insectes courant sur les murs.

Pour préparer le repas, il fallait s'affronter aux cafards qui envahissaient tous les objets dans la cuisine sale, aux murs éclaboussés de malheur…

Mon existence était comme une île isolée où le gris dominait.

***

Dans les multiples prisons où je suis passé, j'ai recraché le lait de ma mère que j'avais bu étant petit. Je n'avais pour seul horizon que des barbelés qui montaient vers le ciel. Perdre son temps sans rien faire d'utile, sans apprendre. Ne pouvoir cultiver ni le corps ni l'esprit. Dans des conditions pénibles, violentes, inhumaines, occupé jour et nuit à des gestes infructueux, nourrissant l'émotion d'un être sans couleur. Sens vide.

Des secondes qui s'étiraient comme des heures... des heures déchirantes et totalement perdues. Recevoir des coups de pied et de bâton accompagnait mon repas matin et soir. Voir des hommes se coudre les lèvres ou devenir fous noircissait cet enfer.

Les nuits blanches de détresse m'avaient complètement épuisé et mon âme me semblait aussi fanée que mon regard.

Des visages sombres, effrayants, des corps abîmés de partout venaient m'encercler. Des criminels de droit commun s'approchaient, me poussaient en riant. On m'avait précipité brutalement dans un monde parallèle, monde brûlant, étouffant, terrifiant.

Tout était anéanti. Plus de rêves, juste un corps qui palpitait dans le malheur. Personne ne savait où j'étais.

Ne pas se plaindre, ne rien dire. Tel était le morceau de choix que me réservait la vie.

***

Je n'oublierai plus ces nuits blanches au cours desquelles j'étais ivre de rage, sous les menaces de l'orage. J'empruntais les pas des infortunés dont certains mirent fin à leur vie, perdus dans la forêt, ou profondément endormis au signal du départ, ou encore abandonnés à cause du froid, de la faim, de la maladie. Tout était noir, d'un noir effrayant et délétère.

Je marchais le corps lacéré, le cœur ensanglanté par la douleur et les pieds par les ronces. Je me collais involontairement contre un tronc, lorsque des flèches de feu déchiraient le ciel et illuminaient les bois verts couverts par l'obscurité.

Emmitouflé sous un arbre en deuil, je me réfugiais dans mes pensées pour chasser l'angoisse qui me serrait la gorge. J'avais la nostalgie de mon enfance, lorsque ma grand-mère, débordante d'attentions, venait le soir s'assurer que tout allait bien et me souhaiter une nuit paisible en déposant un doux baiser au coin de ma tempe. Le matin, elle me réveillait en effleurant doucement mon pied, les yeux pétillants d'amour, la bouche souriante, et le petit déjeuner prêt.

Elle qui précautionneusement me disait : « Attention mon fils, ne monte jamais l'escalier les mains dans les poches. »

Cette évocation ne durait que quelques minutes. L'atmosphère lugubre, les vêtements transpercés de pluie et la peur me faisaient trembler. Je repliais mes jambes en évitant tout mouvement telle une statue. Alors que j'essayais de me reposer dans cette position inconfortable, assis dos raide et frigorifié, mille et une préoccupations s'imposaient à mon esprit et interdisaient toute tentative d'endormissement. J'imaginais la peine que ressentirait ma famille en me voyant transi, sous l'orage, sans couverture, sans nourriture, et peut-être sans lendemain.

***

J'ai été pris en otage et me suis trouvé dans une pièce d'environ 50 mètres carrés. J'y ai été conduit par deux personnes abusant de ma naïveté et me laissant croire que j'arriverais à bonne destination.

Un genre de vaste salon où cinq individus grands et musclés étaient assis et buvaient dans un coin sur un tapis traditionnel. En m'accueillant ironiquement, ils paraissaient d'humeur joviale, contrastant avec la mienne. À côté d'eux, de grands bâtons en bois, des cordes et des câbles électriques qui pendaient du plafond.

De l'autre côté de la pièce, assis le long du mur, quatre migrants les jambes serrées contre la poitrine, les vêtements déchirés, les visages ravagés. L'un d'entre eux avait la tête en sang. À l'exception du plus âgé qui semblait avoir au moins soixante ans, les autres paraissaient âgés d'une trentaine d'années. La fumée des chichas et des cigarettes formait un nuage que l'odeur de l'alcool et du sang rendait toxique. Bienvenue en enfer, me dis-je.

Forcé de m'asseoir, je retins un soupir. Un des hommes vint s'accroupir en face de moi pour me dire avec moquerie : « On t'a acheté, maintenant il faut payer la somme. » Pour m'en sortir, je dus docilement prendre le téléphone qu'il tenait dans sa main, et contacter mes proches. « Si ta famille ne paie pas la rançon, c'est la mort assurée » me promettait-il.

Avec une surprenante confiance en moi et beaucoup d'audace, je lui répondis qu'il n'avait pas à me menacer et qu'il n'arriverait pas à ses fins de cette façon. Avec le recul, j'ignore si je cherchais à refouler ma peur ou si je croyais pouvoir l'impressionner. « Fais juste ce qu'on te dit et tout ira bien, autrement tu verras nos vrais visages » me foudroyait-il de ses yeux menaçants.

Dans son dos, les quatre migrants me faisaient de timides et craintifs signes de tête, m'indiquant d'obtempérer. L'homme posa le téléphone en face de moi et ajouta que je disposais de quelques minutes pour appeler mes proches et demander un versement d'argent. Autrement ce serait ma fête. Dans ma candeur, je m'obstinai à refuser d'obéir à ses ordres, et proposai de payer, une fois arrivé à ma destination, ce qui fit s'esclaffer mon bourreau qui retourna boire.

C'est alors que pénétra dans la pièce un nouveau personnage, muni d'une serpe. Il demanda aux autres forcenés lequel d'entre nous avait payé la rançon. « Personne », répondirent-ils. Alors il vint s'asseoir en face des quatre migrants, quant à moi je me tenais toujours un peu à l'écart.

Il questionna le premier qui avait la tête en sang : « Pourquoi t'as pas demandé d'argent aux tiens ? » La pauvre victime répondit que les siens avaient promis de payer le lendemain. Insatisfait, voulant la somme le jour même, le racketteur lui donna un coup de poing au coin de la bouche. Du sang jaillit. Il se mit à pleurer, la main sur la plaie ouverte, implorant du regard. Le tortionnaire continuait à frapper. « Ferme-la et arrête de pleurnicher » lui disait-il avec le regard d'un tueur. Et il passait au suivant. J'étais pris à la gorge par l'angoisse.

Face au second migrant, il réitéra sa question. Celui-là n'ayant pas de famille, il appela son passeur qui lui répondit de ne pas s'inquiéter, de ne pas payer, ajoutant qu'il connaissait ce genre de petit groupe qui le laisserait partir après un jour ou deux. En entendant grâce au micro ces propos rassurants, le bourreau raccrocha le téléphone et appela deux de ses comparses. « Venez, on va leur montrer comment on laisse partir les gens qui n'ont pas d'argent. » Ils attrapèrent les cordes. Après quelques nœuds, les cordes furent lancées sur un crochet, au plafond. Le malheureux migrant se retrouva pendu comme un sac de cendres de bois par les poignets et par les pieds. Ils s'acharnèrent sur lui comme sur un ring de boxe. Le sang coulait, du nez, des oreilles, de la bouche. Plus il hurlait, plus ils se déchaînaient. « Alors on est un petit groupe ou tu vas payer ? » En pleurs, il promit qu'il allait trouver la somme. Ses mains et ses pieds étaient bleus. Les traces des cordes apparaissaient sur son corps comme celles d'un ver de terre qui laisse son passage dans la boue. Ils le détachèrent et l'abandonnèrent au sol. Sa vie tenant encore, fil ténu.

Vint le tour du troisième migrant qui, apeuré, déclara qu'il avait déjà appelé sa famille, laquelle allait faire un versement dans quelques heures. Le malfaiteur lui dit alors de se lever, de prendre deux bâtons, et de rester debout sur une jambe. « Si dans quelques heures je n'ai pas ton argent, ces deux bâtons seront fendus sur ton corps », lui lâcha-t-il. Mes cheveux se dressèrent de colère et d'épouvante.

C'est alors qu'il se tourna vers moi et m'interrogea d'un regard bizarre, comme pour signifier : « Tu vois ce dont on est capable ». J'avais le même sentiment qu'une gazelle sous le regard effrayant d'un lion. Je lui fis signe qu'il pouvait me passer le portable. Il hocha la tête et me dit d'attendre mon tour. Ma respiration me faisait mal. Je me sentais mourir, la douceur de la vie ne quittant pas mes pensées.

Le bourreau s'assit en face du quatrième migrant, le plus âgé, qui devait avoir plus de soixante ans. À la question de savoir ce qu'il en était de sa rançon, il répondit qu'il n'avait personne, aucun numéro à appeler.
Le tortionnaire le gifla, lui demanda de se lever et d'enlever ses vêtements, acte des plus humiliants

dans ma culture. Ses comparses riaient tandis que leur victime protestait. Je voyais tout le malheur du monde qui coulait de ses yeux. Un regard tragique dont la vision me déchirait l'âme. À cet instant, j'implorai Dieu de me reprendre la vie, tant la scène m'était insupportable. J'étais fou de chagrin.

Le criminel attrapa un câble, et commença à frapper le vieil homme. Des lignes bleues et noires apparaissaient sur son corps. Il pleurait et suppliait. Puis il se mit à hurler. Un cri aussi douloureux que puissant venait du plus profond de son ventre. Jusqu'à faner toutes les fleurs des vallées de l'humanité. Des picotements de feu couraient dans chacun de mes membres. Je ne peux oublier ce hurlement qui résonne encore aujourd'hui à mes oreilles.

L'homme s'accroupit alors face à moi. Dans ma jeune existence, je me croyais quelqu'un de fort, de respecté, et je me prenais très au sérieux. Mais devant cette brute, je me sentis défaillir, impuissant. Davantage que par la peur de la douleur, j'étais terrassé par le sentiment de perdre toute dignité. Je me saisis du portable, appelai un de mes proches, le suppliai et réussis à le convaincre d'envoyer l'argent. Il me rappela un peu plus tard me confirmant le versement.

Je ne pouvais rien faire de plus. J'attendais. Mort vivant.

Après vérification à la banque mes ravisseurs, satisfaits, m'invitèrent alors à leur buffet. Fruits secs, fromages, salade, je n'avais qu'à me servir. Ils me proposèrent la chicha et discutèrent avec moi comme de vieux amis. Je respirais à nouveau, mais mes yeux se tournèrent vers les autres migrants qui étaient là, à gémir au sol, implorants. Je détournai la tête, de honte. Je ne pouvais pas soutenir leurs regards, sachant que j'allais moi m'en sortir. Le souvenir de ce moment d'horreur reste gravé dans ma mémoire. Ivresse de la détresse.

Je voulais quitter cet enfer au plus vite, mais les criminels insistaient pour m'inviter à la soirée en précisant que le lendemain, je serais conduit à l'arrêt du bus pour reprendre mon chemin d'exil. Je n'avais qu'une envie, m'échapper en emmenant avec moi les autres migrants. Mais je n'avais pas le choix, je n'osai refuser leur invitation. Le soir venu, on s'assit par terre sur les tapis, autour d'un somptueux dîner. Blessure de l'ostentation. Les autres migrants n'avaient droit qu'à un peu de pain et d'eau, avec l'assurance, disaient nos bourreaux, des mêmes faveurs que moi lorsqu'ils auraient payé. Mais pour moi, chaque bouchée était une braise qui me déchirait la gorge et incendiait mon estomac.

Après le dîner, une simple petite couverture était tendue aux autres migrants. Je m'allongeai face à eux, comme on me le demanda, sous un grand édredon, doux et confortable. Nous avons été surveillés en permanence par deux d'entre eux. Ils fumaient une drogue qui les tint éveillés en alternance.

Durant la nuit, le vieil homme dont j'entends encore le murmure plaintif, chuchotait en pleurs : « Tu t'en vas demain, et nous, qu'allons-nous devenir ? » J'avais l'impression d'être au bord d'une piscine. Quelqu'un se noyait et hurlait à l'aide. Je voulais attraper ses mains mais je ne pouvais rien faire, j'avais moi-même les miennes liées dans le dos. Cette supplique à laquelle je n'ai pu apporter de réponse me hante encore aujourd'hui.

Soleil ou veille, tout est pareil.

Le matin, après le petit déjeuner, je fus conduit à l'arrêt du bus. Sur le trajet, d'un ton ferme et menaçant, mon chauffeur me dit : « Pars sans te retourner et ne parle de nous à personne, si la vie t'est chère, oublie tout. » Dans ma tête, de nombreuses interrogations : quelle était ma faute ? Comment les êtres humains pouvaient-ils devenir si barbares ?

Ces heures tragiques paralysent mon stylo, l'empêchent de danser sur les pages blanches.

Cher compatriote,

Voyez-vous j'ai vécu des milliers d'aventures souvent dramatiques[2] et frôlé parfois la mort. J'espère ici ne pas vous avoir trop éprouvé mais votre question nécessitait le récit de certains faits, certains traumatismes de ma vie.

Dans tous ces moments mortels, l'Espoir et l'Amour étaient mon seul bouclier.

Sur les sentiers abrupts des montagnes, dans la froideur glaciale des nuits, dans la chaleur brûlante du train ou du camion, dans le coffre de la voiture tel un cercueil, sous les balles, devant les vagues voraces de la Méditerranée, derrière les barreaux des prisons, dans les mains des monstres… aimer Nelufar me donnait la sensation d'être dans un jardin plus beau que le paradis. Cette reine de beauté et de bonté, la raison de ma vie ! Je la désire toujours. Si mon cœur bat encore, c'est parce qu'elle y habite. Sans l'eau, la mer serait un néant inutile.

En évoquant ces souvenirs, le printemps jaillissait dans l'hiver de mes pensées dont les fleurs embaumaient l'avenir.

---

2 Quelques-unes sont racontées dans *De loin j'aperçois mon pays*, Anabelle Rihoux et Mahmud Nasimi, Éditions Le Livre en papier, 2018.

Lorsque je pensais à Nelufar au milieu de ces tragédies, l'enthousiasme surgissait dans tout mon être, la lumière dans mon cœur.

Isolé du monde, j'avais des secrets avec les étoiles.

Au septième ciel, je chantais l'hymne de l'amour en compagnie des anges. Trouvant la vie et la force, je volais dans l'éternité.

Entre terre et azur, j'inventais un nouveau soleil.

Mon tendre amour

Mon tendre amour,

Il me fallait t'écrire, pour te dire que j'ai trouvé en toi toutes les richesses que j'attendais de l'existence. Dès la première rencontre tu m'as profondément troublé. J'étais là, tout envahi par ta lumière, tout épris de ton charme, du battement de tes cils, comme si j'avais ignoré jusqu'à ce jour que la vie pouvait tenir dans les mains d'une femme, divine.

Tu riais timidement. Ton regard à la fois perçant et énigmatique, ton grain de beauté au pli de ta fossette me fascinaient.

Tu respirais joyeusement et mon horizon s'éclairait d'allégresse. Ta poitrine se soulevait sous la robe qui enveloppait ton corps de soie. Bouquet de rêve !

Il n'y avait rien de plus beau pour moi que de voir à l'aube à mes côtés, tes yeux à demi fermés et, de te retrouver le soir, telle une rose qui vient d'éclore.

T'écrire ! Aujourd'hui, j'ai trouvé l'artifice pour te retrouver : la littérature.

Je peux enfin te dire à quel point ma vie est irriguée par ton souvenir.

Il n'y a ni beauté, ni rien au monde qui ait pu m'attirer et prendre ta place. Je ne cesse d'espérer te rejoindre.

Ton visage, étoile d'amour, tes joues, pétales de beauté,

tes cheveux noirs légèrement ébouriffés sous ton bandeau blanc, tes doigts qui me parlaient, entre lesquels une fleur fanée refleurirait, la saveur de ta peau qui me faisait chavirer… tout chez toi me manque !

Ô Nelufar je t'aime au-delà des mots, à tout jamais.

❧

Mon adorée,

Te souviens-tu lorsque tu voulais de tout ton être partager avec moi la plus parfaite intimité possible entre un homme et une femme ? Tu venais à pas feutrés en m'offrant le paradis dans une chambre, celle que tu appelais « la petite chambre ». Le bruit léger de tes pas était la mélodie la plus douce que j'aie jamais entendue. Elle me berce presque tous les soirs lorsque je pose ma tête sur l'oreiller. En entrant, tu restais debout près de moi attendant que je dissipe le voile de peur qui nous séparait et prenne tes mains subtilement. Nos âmes déjà réunies. Lorsque je murmurais dans cette pénombre apaisante, que ferons-nous si les hasards de la vie nous séparent ? … tu cousais d'un geste rapide et inquiet mes lèvres de tes doigts adorables, me disant : « Je te supplie de ne surtout pas penser ainsi. » Et tu affirmais en posant tes mains sur mes épaules: « Notre amour est fait d'infini et d'éternelle durée… »

Cependant que je me sentais enveloppé de velours, je te serrais alors contre moi, mes mains ouvertes sur ton dos mince pour mieux presser ce tendre corps. Tu étais submergée de plaisir, lorsque j'embrassais fougueusement tes joues, tes lèvres, ton cou…

Une belle santé, un soir étoilé, ta présence magnifiée… Que souhaiter de plus que de rester ainsi pour l'éternité? En noyant mon visage dans l'ombre portée de tes cheveux, je chiffonnais tes habits en quête de tes trésors.

Des vagues bouillonnantes montaient en toi tandis que ma main se glissait sous ta robe blanche et se plaquait contre ta peau. Puis, je te portais doucement sur notre couche. Mes mains se faufilaient à nouveau vers tes merveilles ensorcelantes qui remplissaient mes paumes et enfiévraient mon cœur. J'en caressais les corolles jusqu'à ce qu'elles s'épanouissent. Un doux ravissement cascadait en toi.

Tu te sentais noyée, enflammée de plaisir et tes prunelles scintillaient de désir. Pourtant, quelque part au fond de toi, une petite voix te rappelait à la réalité. « J'ai peur », balbutiais-tu. « Si quelqu'un arrive », murmurais-tu, presque essoufflée. Je te rassurais d'une voix protectrice, repoussais les boucles humides sur ton front et couvrais ton visage de mes baisers.

Je baissais alors la tête pour prendre entre mes lèvres tes tendres médailles de satin pendant que ma main parcourait délicatement d'autres joyaux. Tu me griffais dans une étreinte avec une envie de crier de joie. Au plus secret de tout ton être, une flamme naissait… elle devenait, au même rythme que les battements fous de ton cœur, un feu dévorant de passion et l'incendie se transformait en brasier. Ma tête palpitait sous la finesse de tes doigts. Ivre de bonheur, je ressentais le parfum qui s'exhalait de toi. Non plus le parfum artificiel ou celui dont tu t'habillais, mais l'odeur profonde, sauvage, mystérieuse, la fragrance de ta chaleur… ton odeur ! Et je buvais ton âme affleurant dans tes yeux.

Isolés du monde, nous étions heureux, tout sourire et espoir en l'avenir, l'amour colorait notre horizon. Et cependant plus rien n'existait sauf cet instant, cette chambre, cette nuit… pas d'inquiétude, pas de crainte révérencielle. Tu étais là, dans mes bras, légère telle une plume. Ta présence, ta respiration lente et rythmée me donnaient des ailes et la force de déplacer les montagnes pour toi, d'affronter les océans, de déchirer les nuages… tu me rendais aussi radieux que la nature à l'arrivée du printemps.

Ma bien-aimée,

Te vouloir, te voir, crée mon souffle. Je déchaîne toute ma force, toute mon âme, toute ma vie pour passer le reste de mon voyage à tes côtés. Une simple lettre ne suffit plus pour te dire le torrent de tendresse que je retiens, le bonheur que je ressentirais en posant ma tête sur ta poitrine…

Tu ignores tout de ce qui m'est arrivé ces dernières années, j'ai pourtant laissé la trace de mes pas en parcourant le monde, mes cris ont troublé la paix des cieux. Mais toi, mon ange, tu n'as jamais répondu.

Je veux te dire que je t'ai prouvé ma fidélité et honoré mes promesses. Mon amour, cette distance me dévore cruellement. Je te lance cet appel aux yeux du monde, brise ce silence, ne me laisse pas sans réponse, interromps cette attente.

***

Cher compatriote,

Vous m'avez demandé d'où me vient cette force. Durant ce voyage dont la longueur m'épuisait, l'ennui me dévorait, le dégoût m'empoisonnait, où le soleil et la lune ne m'offraient plus ni chaleur ni couleur, je me suis transformé en un musicien dont l'instrument était l'espoir et la mélodie l'amour.

Une fois arrivé en Europe, les difficultés pourtant sont devenues plus poignantes. Loin de mon amour, de ma famille, de mes amis, j'ai vécu dans les bras de la souffrance.

Mais je suis reconnaissant à la vie de m'avoir obligé à traverser cet enfer pour devenir un homme. Grâce à elle j'ai réalisé qu'il existe sur terre des étoiles, comme Victor Hugo affrontant la misère et l'injustice, comme Louis Aragon donnant la force et l'espoir au peuple pour combattre l'occupant, comme Simone de Beauvoir se battant pour le droit des femmes…

Pendant des années, adolescent, j'ai été en colère contre l'univers entier. Je perdais vite le contrôle de moi-même et une violence involontaire me saisissait et s'exerçait contre mon entourage. Les idées noires m'envahissaient. Je croyais que je n'avais ni chance ni réconfort. Aujourd'hui j'ai pris conscience que cette colère, ce ressentiment, ces angoisses, la négativité que je nourrissais étaient toujours dirigés contre quelqu'un ou quelque chose. C'était du venin que je buvais souhaitant la mort d'autrui. Dix minutes de colère intense et j'étais empoisonné. Pour m'extraire de cet état sans plus casser de verre ni blesser quelqu'un il a fallu du temps, quel temps il aura fallu pour que j'accède à la révélation de ce mystère qu'est la vie : le battement du cœur, la respiration, la sensation d'être en vie…

La littérature a été le maître qui m'a guidé, qui m'a aidé à soulever le voile. Sans elle, je n'aurais pas rencontré Spinoza proclamant : « Si vous voulez que la vie vous sourie, apportez-lui d'abord votre bonne humeur. »

Je pensais qu'une personne courageuse était celle qui avait un physique impressionnant capable d'escalader les montagnes, de renverser tous les barrages. Mais Voltaire m'a détrompé : « La décision la plus courageuse que vous prenez chaque jour, c'est d'être de bonne humeur. »

Sans parcourir la terre entière, deux phrases parfois révèlent le sens de la vie. Viatique pour le voyage.

***

Aujourd'hui encore, je dors sur un canapé bancal et grinçant. Je n'ai ni mon lit ni ma chambre indépendante. Mes affaires sont sur mes épaules, tantôt à gauche, tantôt à droite. Je n'ai toujours pas la possibilité de franchir les frontières de la France.

Mais je remercie la vie de m'avoir fait découvrir le cimetière du Père-Lachaise, cet univers secret qui m'a donné une seconde naissance. Y entrer est toujours un voyage. J'aime me pencher sur la pierre des grands monuments de la littérature, tendre l'oreille et écouter ce qu'ils ont à me dire. J'y cherche l'inspiration en cheminant d'une tombe à l'autre, j'aperçois les arbres au repos mélancolique, les sentiers qui m'invitent à les suivre sans savoir où ils vont m'emmener, les pavés couverts de mousse, les feuilles qui tombent ou qui poussent selon la saison, les couleurs automnales des chrysanthèmes qui parsèment les tombes... Émerveillé devant cette vaste cité enfouie sous les fleurs où se mêlent l'histoire, le romantisme, l'émotion, je puise au creux de ce musée à ciel ouvert la force qu'il me faut pour grimper à l'arbre de la vie. Je ne manque jamais mon salut respectueux au buste d'Honoré de Balzac. Il m'a ouvert la porte d'un monde qui m'était inconnu.

Je suis reconnaissant à la vie d'avoir fait du stylo mon double. Cet outil plus puissant que l'acier et plus doux que la soie, avec lequel on dessine et écrit le bien, le mal et la vérité.

Quand il court sur les pages blanches pour tisser les phrases en assemblant les mots, il arrache le sommeil aux yeux des dictateurs, il exprime la sagesse, la beauté, l'amour, il chante la solidarité, l'espoir, l'humanité...

Je rêvais d'être imam pour dévorer le pain sucré, Massgedi pour recevoir l'offrande d'un riche plat composé, professeur de physique pour fumer délicieusement une cigarette devant mes élèves, militaire ou homme politique pour servir mon pays comme mon grand-père... Tous ces désirs étaient en sommeil en moi, les arabesques du stylo sur la feuille ont suffi à les rendre réels.

Quel miracle est caché dans la vibration du stylo qui grave l'encre sur la page blanche !

Quel miracle fait naître des mots qui m'offrent à l'instant la splendeur du jour, la musique du vent, la bienveillance de la nature, le chant de la rivière, le silence de la nuit !

***

Aujourd'hui encore, j'enténèbre certaines de mes journées à la porte d'un bureau administratif. Convoqué à 9 heures du matin, je fonds d'ennui jusqu'à 12 h 30. Maux de tête, crampes d'estomac, fatigue dans le squelette, je ne peux rien faire d'autre que d'attendre, douloureusement. Lorsqu'enfin on m'appelle au guichet, je me précipite espérant résoudre mon problème. Peine perdue! Je vois alors un jeune homme installé confortablement dans un fauteuil, sous le charme de sa voisine, aucune attention à mon égard, leur conversation développe abondamment la mode, les coiffures, les vacances... Il se tourne avec insouciance vers moi, l'esprit toujours envahi par la proximité de sa collègue, ses gestes, ses longs ongles rouges et m'adresse machinalement: « Monsieur, maintenant c'est l'heure de déjeuner, revenez vers 14 heures. » Dans ses yeux je lis cette interrogation: par quelle audace venir perturber ce moment romantique?

Puis, l'admirateur rejoint aussitôt celle qu'il venait de quitter, non sans avoir au préalable posé une plaque sur le bureau: Fermé.

Cette phrase déchire le voile d'espoir que j'ai tricoté pendant la matinée, me met en colère au point que je presse mes mains, serre les dents et avale une gorgée de peine. J'aperçois cependant mes compagnons de misère qui secouent leur tête désespérément derrières d'autres guichets.

Il y a quelque temps, je ne réalisais ni la force qui existait en moi, ni la profondeur de cet océan qui me permettait de noyer toutes ces contrariétés. Quand je n'arrivais pas à dénouer un souci, je croyais que la vie ne m'aimait pas, ou qu'elle ne pouvait pas s'épanouir en moi. Aujourd'hui au lieu de désespérer, je me déplace, je regarde vers un autre horizon, je rencontre alors un être embourbé dans le marais de ses problèmes, à qui un simple geste, une modeste parole offre un miracle. C'est à ce moment que je remarque la résistance, l'énergie invincible, la puissance… qui résident en chaque être humain. Cette aptitude, si souvent ignorée, à aimer, accompagner, écouter, partager, et ainsi soigner les âmes comme les médecins réparent les corps, n'a pas de prix.

L'Homme est un arbre qui peut produire des fruits en toute saison.

Cher compatriote,

Vous m'avez interrogé sur le bonheur, un sujet si intense et si vaste que l'on peut s'y perdre. Ai-je la légitimité d'en parler? Il appartient naturellement à chaque individu, c'est pourquoi j'ose évoquer la couleur du mien. Puisque j'ai l'audace de vous parler de ce mystère, j'emprunte les mots sonnants et poignants de ma grand-mère.

Ma grand-mère ne lisait pas, elle ignorait qui était Montaigne ou encore Dostoïevski. Pourtant, elle pouvait m'abreuver de contes ou de petites fables provenant de son imagination, qui nourrissent et enrichissent encore ma vision du monde. Un jour elle m'avait raconté ceci :

Tu sais mon fils, autrefois, il était un homme qui vivait pleinement, dans un contentement innocent, heureux de ce qu'il avait : un toit, une femme, des enfants... Il jouissait d'une existence simple sans se poser davantage de questions.

Un jour, il entendit certains de ses amis parler du « vrai » bonheur. L'homme devint confus. Il se mit à penser que sa félicité n'était peut-être pas si parfaite, peut-être pourrait-elle être encore plus grande?

Il fréquenta alors les personnes de son entourage afin de découvrir ce que pouvait bien être ce bonheur si convoité.

L'un lui expliqua : « Le bonheur est un secret qui est caché dans le temps. »

L'autre lui affirma : « Le bonheur est un sentiment d'insouciance qui s'envole avec le temps. »

« Il y a donc quelque chose à chercher hors des biens matériels et de la vie de tous les jours », murmura l'homme. Il se consacra à la quête de ce secret impalpable. Le temps passa, ainsi que tous les instants heureux que la destinée lui offrait.

Au soir de son grand départ, il eut enfin accès au bonheur en découvrant que ce n'était que le souffle de vie !

« Mon garçon, sois intelligent, me disait ma grand-mère, et réalise la valeur de cette source qui t'anime à chaque instant ! Elle n'est pas à rechercher, elle est déjà là ! »

Pendant des années le bonheur ne faisait que passer devant ma fenêtre, chassé par le vent.

Comme cet homme, longtemps j'ai poursuivi l'ombre du bonheur, courant tel un mendiant dans les rues, dans les jardins, à travers les frontières. Je n'ai rien récolté d'autre qu'une gorgée de joie.

Après des années de quête, enfin je l'ai trouvé sur mon canapé bancal et grinçant. C'est le souffle de vie !

Je vous souhaite de trouver vous aussi, grâce à ce trésor, la tranquillité du corps, la sérénité de l'esprit et la paix de l'âme.

Dans l'attente de recevoir de vos nouvelles ou de nous rencontrer, saisissons à deux mains ces instants que la vie nous offre, car demain n'est pas une promesse.

Amicalement

Mahmud Nasimi

Entends-tu ce que je chante pour toi

Je ne cesse de te vêtir amoureusement
D'une robe parée de ces mots ardents
Entends-tu ce que je chante pour toi
Ce cri d'amour sortant du fond de moi

Tu es belle généreuse et miséricordieuse
J'ai respiré ton parfum inhalé ton souffle

Tu donnes sens à mon âme grise et morte
Qui pose sa tête sur ton épaule accorte
T'émerveiller me rend fort et heureux
Tes paroles dissipent mon état douloureux

Tu es belle généreuse et miséricordieuse
J'ai respiré ton parfum inhalé ton souffle

En toi je ressens la paix à toute heure
Toi ma seule passion mon unique bonheur
Tu panses mon être d'espérance
Et libères ses mortelles souffrances

Tu es belle généreuse et miséricordieuse
J'ai respiré ton parfum inhalé ton souffle

Dans tes bras je voyage jour et nuit
Beauté inexplicable Toi qui me séduis
La nature s'épanouit et le ciel s'éclaircit
À l'instant miraculeux où j'entends que tu ris

Tu es belle généreuse et miséricordieuse
J'ai respiré ton parfum inhalé ton souffle

Tu es le fruit la rose le rêve et la sincère amie
Je ne cesse de t'admirer même les yeux endormis
Tu m'as offert un long et prodigieux destin
En jetant fleurs et lumières sur mon chemin

Tu es belle généreuse et miséricordieuse
J'ai respiré ton parfum inhalé ton souffle

Te caresser te savourer t'embrasser sera ma priorité
Je te suis reconnaissant toujours le serai pour l'éternité
Je mets toute ma force pour te chérir et t'aimer à l'infini
Je mets toute mon âme pour te remercier, ô…

Remerciements

Merci à la vie du souffle qu'elle m'a donné et qui m'a permis d'écrire ce livre.

Merci à Balzac, Baudelaire, Camus... qui m'ont ouvert les portes d'un nouveau monde.

Merci à ma grand-mère dont les conseils ne cessent de me guider aujourd'hui encore.

Merci à Nelufar pour son absence cruelle qui me déchire et qui m'inspire.

Merci à Odile Husson, Isabelle Nicolle et Anabelle Rihoux pour leur amitié indéfectible et leurs encouragements dans mon travail d'écriture.

Du même auteur

De loin j'aperçois mon pays,
propos recueillis par Anabelle Rihoux,
Le livre en papier, 2018.

Un Afghan à Paris,
Les Editions du Palais, 2021.

LES ÉDITIONS DU PALAIS
5 place du Palais Bourbon
75 007 Paris
www.editionsdupalais.com

Collection dirigée par Evelyne Paul-Reynaud

Ce livre, composé en Adobe Garamond et mis en page
par Clotilde Chevalier / Coccinelle, est achevé d'imprimer
sur les presses de Corlet imprimeur en juillet 2022
à Condé-en-Normandie.

numéro d'imprimeur : 22070013
isbn : 9782381860015
Imprimé en France